Cornell Woolrich

The Bride Wore Black

复仇新娘

〔美〕康奈尔·伍尔里奇 著

谢一 译

“难道你亲身经历过我所经历的那些事?”

人民文学出版社
PEOPLE'S LITERATURE PUBLISHING HOUSE

著作权合同登记号　图字 01-2015-8333

THE BRIDE WORE BLACK by CORNELL WOOLRICH

图书在版编目(CIP)数据

复仇新娘/(美)伍尔里奇著;谢一译. —北京：
人民文学出版社,2016
(伍尔里奇作品)
ISBN 978-7-02-011576-1

Ⅰ.①复…　Ⅱ.①伍…　②谢…　Ⅲ.①长篇小说—美
国—现代　Ⅳ.①I712.45

中国版本图书馆 CIP 数据核字(2016)第 075106 号

责任编辑：马　博　张海香
特约策划：陶媛媛
封面插画：马岱姝
装帧设计：钱　珺

出版发行　**人民文学出版社**
社　　址　**北京市朝内大街 166 号**
邮政编码　**100705**
网　　址　**http://www.rw-cn.com**

印　　制　**山东德州新华印务有限责任公司**
经　　销　**全国新华书店等**

字　　数　**125 千字**
开　　本　**890 毫米×1240 毫米　1/32**
印　　张　**7.375**
版　　次　**2016 年 9 月北京第 1 版**
印　　次　**2016 年 9 月第 1 次印刷**

书　　号　**978-7-02-011576-1**
定　　价　**35.00 元**

杀戮,是造物置于人心中的伟大法则,

没有任何东西比杀戮更美也更可怕。

——莫泊桑

目 录

第一章　布利斯

蓝月亮，你照见我茕茕孑立，

　　心中没有梦，也没有爱。

蓝月亮，你明白我去那儿是为了……

——罗杰斯与哈特①

① 由作曲家罗杰斯和词作者哈特结成的歌曲创作组合，自1919年至1943年，共创作了五百多首歌曲。

1. 女人

“朱莉，我的朱莉。”

女人从四楼顺着楼梯走下来。有人正呼唤着她的名字。那声音极轻柔，语气却极强烈。然而在这样的呼唤声中，她的脚步却没有一丁点儿放慢，也没有丝毫凌乱。走进阳光下的那一刻，她的面色尤为苍白。

女孩等在路口，身边放着一只旅行箱。当女人走过来时，女孩转身困惑地望着她，似乎很想知道她从哪里来，又会如何面对她所遭遇的命运。女人似乎看出了女孩心中的疑惑，直接开口道：“我和很多人一样，因为别离而难过。差别只在于：我已习惯，而他们还没习惯。我曾经挨过多少难挨的漫漫长夜啊，而他们不过只有这么一次而已。”她用同样的语调继续说道，“我还是坐出租车吧。那边就有一辆。”

出租车开过来的时候，女孩仍满脸疑惑地看着她。

女人说道：“好吧，如果你真想为我送行，那就一起来吧。司机先生，送我们到中央车站。”

她再没有回头，再没有对那栋房子看上一眼，再没有留恋那条正渐行渐远的街道。正是这些纵横的街道融汇交织成一座曾经属于她的城市，一座她居住已久的城市。

火车站售票处的队伍排得有点长，她们只得等上一阵子。女孩无助地站在她身边，问道：

“你要去哪儿呢?”

“我不知道，现在开始想也来得及吧。”

她打开手提包，把一小卷钞票分成两份，然后把其中较小份的钞票握在手中，走向售票窗口，把钞票塞进去。

“拿这些钱买一张坐票，最远能到哪里?”

“芝加哥，还能找你九十美分。”

“那就给我一张单程票吧。”她转身对身边的女孩说，“现在，你至少可以把我的去向告诉他们了。”

“如果你不想我说出去，我就不说，朱莉。”

“没关系。如果人们不再记得你是谁，透露去向又有什么关系呢?”

她们在候车室里坐了一会儿，然后下楼走向月台，走上火车，在车厢的过道里告别。“就让我们装成老朋友分别的样子，亲亲对方，就此告别吧。”说完，她们轻轻碰了一下对方的嘴唇。

“朱莉，我能说什么呢?”

“说声再见吧。人这一辈子，除了再见，再没什么值得说的了!”

“朱莉，我只想早日再见到你。”

“你再也见不到我了。”

月台慢慢向后退。火车随即驶进一条幽长的隧道，穿出了隧道又重新曝露在日光下，之后驶上一座高架桥，两旁是一栋栋高耸的建筑物，看起来就像是篱笆上的木桩，房屋之间的街道就像是木桩之间的缝隙。

火车即将全速前进的当口，车速却渐渐地慢下来。“二十五街到了。”口音浓重的列车员对车厢里的乘客低沉地说道。刚才还说永远不会回来的女人，此时拿起行李箱，站起身，向过道走去，看来她旅程的终点已经抵达。

她站在两节车厢间的通廊上，等候着，火车一停稳就立刻下车，顺着月台走到出口，再沿着楼梯走上街面。她在候车室的报摊上买了份报纸，坐在长椅上，翻到后面的分类广告。她把报纸折成便于阅读的尺寸，手指移动着搜索，随即停在“带家具出租，拎包入住”这一栏广告上面。

她的手指很随意地停下，压根没仔细留意广告的内容，就用指甲在软耷耷的报纸上划了一道印子，做了个记号，然后把报纸夹在腋下，再次提起行李箱，走到外面喊了辆出租车。“去这个地方，地址在这上头。”她把报纸拿给司机看。

刊登广告的女房东站在门口，等着她下决定。

女人转过身。“不错，房子挺好。我现在就付你两个星期的房租。”

女房东数完钞票，草草书写收据。“请问你叫什么名字？”她抬眼问道。

女人瞄了一下自己行李箱上的两个字母："J.B，"那两个字母本来应该是烫金字体，金光仍在两个锁扣之间隐约浮现。"约瑟芬·贝利。"①

"这是给你的收据，贝利小姐。希望你在这儿住得舒服，浴室就在大厅过去第三个门，就在你……"

"谢谢，我想我自己能找到。"她关上门，反锁，除下衣帽，打开行李箱。不久前，她刚把这个行李箱收拾妥当，为了这一趟仅仅五十个街区远……抑或是一辈子的旅程。

洗脸池上方有个锈迹斑驳的小型锡制药柜。她走过去，打开柜子，踮起脚尖往里看，像是在找什么东西。虽然没抱太大的期望，她还是在柜子的最上层找到一把生锈的剃须刀片，可能是之前的某位男性房客留下的。

她拿着刀片走回行李箱边上，沿着盖子上的缩写字母四周割出一个小小的长方形，把最上面那层膜撕下来，这样一来，两个字母就被剥掉了。接下来，她开始仔细察看箱子里面的东西，拿出一件内衣、一件睡袍和一件女式衬衫。她将这些衣服上绣有这两个缩写字母的线头挑开，将那些代表她的记号剔除得一干二净。这样一来，无论这些衣物在哪里被人找到，都再不能泄漏她的身份。

她把自己的过去销毁殆尽。她随手把刀片丢进垃圾桶，把指尖仔细地擦拭干净。

在箱盖的夹层中，有一张男人的照片。她把相片取出来，放

① 译注：J.B可作为约瑟芬·贝利（Josephine Bailey）的首字母缩写。

在眼前，仔细端详了好一阵子。一个年轻的男人，并不令人惊艳，长着和其他人一样的眼睛、鼻子和嘴巴。这并不是一张特别英俊的脸。她盯着照片，看了好久。

随后她在箱子里翻出一盒折叠式火柴，拿着照片来到洗脸池边上，在照片的一角点燃火柴。她拿着这张照片，直到火焰将其吞噬干净。

“再见了。”她低声说道。

她打开水龙头，把灰烬冲掉。然后再度走回行李箱边上，从夹层中又取出一张小纸片，那上面用铅笔写着一个名字。她花了好长时间才看清上面的字。她在夹层深处继续翻找，很快又找到四张差不多的纸片。

她把这几张纸片全都拿出来，但没有立刻烧掉。她百无聊赖地拨弄着这些纸片，先是把纸片的空白面朝上放在梳妆台上，然后用指尖转着这些纸片，最后她随手拾起一张，飞快地瞄了一眼纸上写的名字，将所有纸片聚拢在一块，放在洗脸池中烧了个精光。

接着她走到窗边，向外张望，双手撑着厚重的窗台，紧紧握住窗台的两沿。她似乎在用这个姿势投向整个城市的怀抱之中，又像是感觉到有什么紧迫的事件即将在这座城市发生。

2. 布利斯

布利斯住的那栋公寓大楼的入口处，出租车猛地停了下来。布利斯坐在车里不由自主往前一冲，胃里的酒随着这下急刹车而翻动起来。倒不是因为他喝太多，而是因为那些酒精此时刚刚开始产生作用。

他走下车子，帽子被车门碰歪了。他把帽子扶正，笨拙地摸索着口袋，准备掏钱付车费。掏钱的时候把一枚十美分的硬币掉在了在人行道上。他还没喝到酩酊大醉的地步，他从不让自己醉成那副德行。别人对他说的话，他都记得一清二楚，他觉得自己喝得不多不少，恰到好处。他总会想到玛吉①——似乎他在内心深处，始终为她留着一个位置，这种思念是无法被酒精麻醉的。

当他把车钱递给司机的时候，值夜班的门卫查理走了出来，站在他身后。这次，查理出来招呼他的动作稍微慢了，因为他之前正躺在大厅的长椅上忙着读完小报上某则体育消息的最后一段。

---

① 译注：玛乔丽的昵称。

念在现在已是凌晨两点半，倒也不必计较这点怠慢。

布利斯转身说："嗨，查理。"

查理回答："早上好呀，布利斯先生。"

他替布利斯打开大门。布利斯走进去，查理紧随其后，算是圆满完成了差使。他打了个哈欠，虽然布利斯没瞧见，但仍感染了那份倦意，也开始哈欠连连——这大概是一种颇能引起玄学家兴趣的感应现象。

门厅的一侧有面镜子，布利斯走到镜子前，像往常那样端详了一下自己进门时的神态。一般来说，镜子中所出现的样子会有两种：一种是正要出门时常见的"天呀，我好兴奋啊，不知道今晚会发生什么"；另一种则是回家时的"老天，我感觉糟透了，真高兴能爬回被窝"。

镜子里有一个顶着一头栗色短发的二十七岁男人，正盯着布利斯本人。镜中人的头发剪得很短，鬓角一片光亮，有一双棕色的眼睛，身材瘦削，身高适中，对布利斯了如指掌。他长得并不特别帅，但光长得帅管什么用？连玛吉·埃利奥特都不在乎他是否英俊潇洒。"只要……"她是这么说的，"……只要你是肯，就够了。"

他叹了口气，用指甲弹了弹那朵别在翻领纽扣孔上的小白花，白色花瓣瞬间纷纷落下。

布利斯拿出一盒捏皱的香烟，自己先抽了一根，往烟盒右上方的小洞里扫视一下，发现里面还剩下一根，于是递给查理。"没有比与人分享更伟大的爱了。"他说道。

查理拿过烟，心中暗想：这种时候应该不会再有人进来了吧。

查理体型壮硕，身材中等。他并不怎么擅长磨亮门外雨篷下的那根铜柱，却总能让那铜柱的中上部始终保持光亮如新，而且他懂得如何对付那些比他壮两倍的醉汉。自从布利斯搬进这栋公寓，他一直担任这座公寓大楼的夜班门卫。布利斯喜欢他，他也喜欢布利斯。圣诞节来临时，布利斯会送给查理两块钱，此外，一年里还分四次，分别送给他一两块钱。倒不是因为拿了钱，查理喜欢的是布利斯这个人。布利斯为两人点上烟，然后转身走上两级楼梯，准备去乘电梯。此时，查理说道："噢，我差点忘了，布利斯先生，今晚有位年轻女士来看你呢。"

"是吗？她说她叫什么名字了吗？"布利斯心不在焉地答道。反正不可能是玛吉，那么到底是谁也就无关紧要了。他停下脚步，略微转身，等待着答案。

"没有，"查理说，"我问了她两三次，她就是不肯说，她……"他耸耸肩说道，"……似乎不愿意告诉我。"

"好吧。"布利斯说道。他的确觉得没啥要紧的。

"她似乎想上楼，到你房间里去等你。"查理补充道。

"不，这可不行，"布利斯飞快地说道，"那种日子早就过去了。"

"我知道。我是不会那么做的，布利斯先生。你不用担心！"查理非常恳切地说道，又谨慎地摇摇头，补充道，"但她真的很想见你一面。"

他这句话里有某种东西引起了布利斯的好奇。"你这话是什么意思？"布利斯的一只脚又踏回下面的那级台阶上，整个上半身都转过来面向查理。

"是这样的，当时她跟我站在一起，就在镜子那边再过去一点的那个地方。当我按响你家门铃没得到回音之后，她说：‘那么，我能上去等他吗？’‘不知道啊，小姐，其实我不能……’我其实就是想让她讨个没趣，但她没等我话说完，就把随身带着的手包打开，看上去就像是在找口红，不过手包的袋口放了一张百元大钞，就亮在我眼皮底下。或许听起来令人难以置信，布利斯先生，但我亲眼看见——”

布利斯友善地揶揄笑道：“你以为她想把这张大钞给你好让你带她上去？查理——”他不以为然地扬扬手。

查理那双圆眼睛中的热情不减：“我知道她打算干什么，布利斯先生。我不可能想歪。她把袋口开得特别大，还用手指在下面把包里的东西撑出来，让袋口敞着，钞票就平躺在所有东西的正上方，而她的眼神正从那张钞票游移到我的脸上，直勾勾地盯着我，甚至还把手袋往我这里稍稍挪动了一些，不是直接对着我，只是把袋子挪过来一点点，好让我明白她的暗示。听我说，我在这行混得够久了，这类暗示我熟得很，绝对能领会那种暗示。”

布利斯若有所思地用拇指指甲边缘刮着嘴角，仿佛要确定自己的嘴巴还长在那儿：“你确定那不是一张十块的，查理？”

查理似乎有些委屈，他愤怒地抬高了说话的声调：

“布利斯先生，我见到的那张钞票的两个角上各有两个零！”

布利斯忧虑地咬嘴唇。“这么说来，可就有些蹊跷！”说话间，他已转过整个身子面向查理，好像打算要把这事情一五一十弄清楚。

查理似乎也觉得他们两人值得好好谈谈这事儿，此时门外传来另一辆出租车停车的声音，他说：“稍等我一下，布利斯先生。”

接着走到外面，帮着打开车门，然后跟在一对盛装打扮的男女身后回到大厅。这两人在八点半的晚宴上一定非常光彩夺目，不过现在他们都已精疲力尽、黯淡无神。

他们经过布利斯身旁时，微微向他点头致意，布利斯也稍微点了点头回礼。这种互相点头只是大城市邻里之间的冷淡寒暄而已。他们走入电梯，往楼上升去。

等到电梯的玻璃窗在他们眼前消失之后，查理和布利斯又重拾刚才的话题。“那么，她长什么样？你之前见过她吗？我以前结交的那帮朋友，大部分你应该都认识。”

“是的，没错，”查理说，“但我不记得这个女人，我敢肯定在这之前从来没见过她。布利斯先生，关于这个女人，我只能说她长得可漂亮了。她可真是个大美人啊！”

“好吧，就算她是大美人吧，”布利斯顺着他，“但到底长什么样呢？”

“嗯，她有一头金发，”查理用手比画起来，像个画家似的，勾绘出那头浓密的金发，“那可是实打实的金发哦，你明白我的意思吧？绝对不是用人工染发剂弄出来的那种亮闪闪的假货，而是真正的金发。”

“真正的金发。”布利斯极有耐心地附和道。

“她还……她还有一双蓝眼睛。你明白我的意思吗？就是那种会笑的眼睛，随时随地都露着笑意。她大约这么高……下巴大约在我第二道臂章这里，对，就是我袖子上的那个，看到了吗？呃，不太胖，也不太瘦，是那种抱起来刚刚好的——”

正当查理滔滔不绝的时候，布利斯却望向大厅天花板的远处。

“不对，”他喃喃自语道，“也不对。”他似乎正在脑海中一一查对那些原始记录似的，“听起来海伦·雷蒙德和这个人长得最像，但是……”

“不，我记得雷蒙德小姐，”查理肯定地说，“我替她叫过很多次出租车，不是她。”他又说，“不管怎样，你知道我为什么这么确定你不认识她吗？因为她根本不认识你。”

“什么？”布利斯问道，“那她到这里来找我干什么？居然还想闯进我家里！”

在这场一来二往的对话中，查理的反应比布利斯慢上一拍。“你的事情，她什么都不知道，”查理郑重其事地强调着，“就在上楼的时候，我把她的底细都试探出来了……”

“原来如此，这么说来，你确实把她带上楼了？百元大钞果然魅力无穷。”

查理发现自己说漏了嘴，于是尴尬地清清喉咙，表示自己并不同意布利斯的观点。“没有，布利斯先生，真的没有，”他诚恳地反对，“你太清楚我的为人了。我可不是那种人。的确，我和她一同坐电梯上楼，假装愿意带她去你房间。我觉得这样一来就能尽快摆脱她的纠缠——先假装带她上楼，到了最后才……”

“嗯，我知道。”布利斯面无表情地说道。

“所以呢，我们一起坐着电梯去四楼，电梯开到半道，我想起去年在这栋大楼里发生的那起抢劫案，你应该还记得吧？于是我心想，还是别冒这个险了吧。所以我就先试探她一下，编了副和你完全不一样的长相来套她的话。我说：‘你找的人是个红头发的家伙吧？个头挺高，大约有六英尺。我刚来，还不太熟悉这个地方。大楼的住户这么多，一家一家搞清楚不太容易。我得确定我没带错地方。’她一听便迫不及待地附和道：‘是呀，没错，’她说，‘就是我要找的人。’她回答得有些急促，仿佛怕被我看出来她根本不知道你长什么样似的。”

“这么说来，我——”布利斯说，话说了一半又咽了回去。

“所以，我当然就明白了，”查理忠心耿耿地向他保证，“我绝对不会带她进去。听她这么一说，我心想：‘你别想打什么歪主意，至少我当班的时候你甭想！’但我嘴上没说什么，因为她打扮得很时髦，很得体，不应该被粗鲁对待，所以我就想了个办法，让大家都有点面子下台。我找了串别人家的钥匙去开你的房门，当然了，门是打不开的，而我也就顺势说自己没有其他钥匙了，没办法让她进去。于是我们走下楼，而她满不在乎地耸耸肩，仿佛这次没进去无所谓，反正她迟早能进去。下楼后，她笑着说：‘下次吧。’说完就直接顺着大街走远了。她来的时候也是走过来的，这也是件怪事——像她这种时髦人物，竟然会自己走路。我目送她走到街角，也没见到她叫出租车或乘坐其他什么车辆。她就这么走着，感觉就像走在上午十点的街道上一样。她在街角转身，消失得无影无踪。就在这个时候，奥康纳警官正好迎面走过来，跟她擦身而过，他还转身望了望那个女人呢。她长得可真不错。”

“看来只是萍水相逢罢了，”布利斯说道，“有一点倒是可以确定：这件事有点不正常。如果我不认识她——从你的叙述看来，我的确不认识她——而她也不认识我，那这到底是怎么回事？她在打什么鬼主意？或许她把我当成别人了？也说不定。”

“不，她指名道姓找你，你的名字她知道得一清二楚。她一进门就说要找‘肯·布利斯先生’。”

“你刚才说，她没坐车或者自己开车?”

“是的，而且不知道她是从哪里冒出来的，离开的时候也一样，毫无踪迹可循。这是我见过的最奇怪的事情了。”

他们又继续聊了一会儿，两个男人在凌晨两点半促膝长谈。“哎，住大城市里嘛，就免不了会碰上这种怪事。布利斯先生，干我这行的，这种事可见得多了。有些疯子觉得自己认识你，有些疯子莫名其妙爱上了你，还有些疯子总觉得你对他们干了什么。这年头，怪人怪事多得能吓死你。”

“或许我是被其中某个极品货色给缠上了吧。上床睡觉前知道这种事情可真令人愉快啊。”布利斯一脸苦笑地说。

他转过身去按电梯。在电梯门关上之前，他发现查理脸上闪过一丝嘲弄的笑意。

“这都叫什么事儿?连我这么个独居的单身男人也没安全感了，看来还是快找个人结婚来保护我吧!”

上楼时，他脑子里全都是玛乔丽，此时的他，心中装不下其他任何人。

晚上八点半，科里出现在他家门口，而此时距他和玛乔丽的订婚宴会正式开始还有一段时间。“你个死鬼怎么回事，”布利斯说话的口气带着那种密友之间的痞气，“我刚吃完饭回来，连胡子都还没来得及刮呢。”

“我四点半给你丫办公室打了个电话，你死哪儿去了?”科里用同样粗鲁的口气回敬道。

他一进门就霸占了那把最好的椅子，一条腿架在扶手上晃荡。坐下后顺手将帽子向窗台扔去，可惜准头不够，帽子径直落在了窗台下方那排低矮的书架上。

科里虽然有点不拘小节，但长得倒也不难看。他个头比布利斯高，更瘦——或许正因为高，所以看起来才觉得瘦，有一头深褐色的头发和两道浓眉。他很想假装出都市雅痞那种优雅的绅士气质，可惜他是彻头彻尾的金玉其外，败絮其中，一眼就能看出来是个粗人。他时不时露出的那种粗鄙的本质，让人吃惊得不由咋舌。但不论怎样，他已经尽力装模作样了。哪里有酒会，哪里就有他：帮人扶门，替人拿酒杯。你无论在哪个姑娘面前提起他，她一定会说认识他，最低限度也通过朋友认识他。他追女孩子的策略很直接：正面进攻，速战速决。而这种策略往往出人意表地大获成功，城中一些看起来最高傲、最难以驾驭的女人，居然乖乖地对他俯首帖耳。

他带着一丝幸灾乐祸的表情，兴奋地搓着手。“瞧，今晚你就要被套住了！不仅套住，还要用烙铁给你烫上个印子！想跑吗？我看你一定想跑！你的腮帮子看起来苍白得要命啊——”

“谁会跟你一个德行？”

科里用大拇指冲着自己的胸口说道：“你倒真应该学学我，像我这样的才不会被一句正式的承诺套牢呢。”

“你得多洗洗澡才会有人肯嫁给你。”布利斯轻蔑地咕哝道。

“那么，熄灯之后靠闻味儿找我可就多费事儿了。这样不太好。对了，你今天下午去哪里了？我本来想找你一块吃饭的。”

“我去买戒指了。你以为呢——”布利斯打开柜子中的一个抽屉，拿出一个小方盒，“啪”的一声打开盒盖，“你觉得怎么样?”

科里从盒中取出戒指，羡慕地惊叹不已：“哇，这玩意儿是真钻石吗?”

“应该是吧，这玩意儿可花了我不少票子啊。”布利斯把盒子放回抽屉，脸上的表情却似乎根本没当回事儿，他松开裤子背带，“我要进去洗个澡。你知道苏格兰威士忌在哪儿吧。”

二十分钟不到，他洗完澡走出来，穿戴整齐，连领结都打得整整齐齐。“那女的是什么人啊?”科里从报纸中抬眼，看着布利斯，茫然地问道。

“哪个女的呀?”

“你刚进去洗澡，电话铃就响了。有个女的说要找你，我从她的口气听得出来，她跟你不是很熟：‘请问肯尼斯·布利斯先生在吗?’我跟她说你现在没空，问她有没有要我帮忙的地方。但她一声不吭就把电话挂掉了。”

“真古怪。”

科里转着手中的酒杯：“说不定是哪个记者来打探你订婚的消息。”

“不会，女方才是他们套话的对象，更何况，玛乔丽的朋友们早就把所有的内幕消息都泄露光了。难道，会是她?”他沉吟片刻后说道。

“谁是她?”

布利斯微笑道：“我还没告诉过你吧。我觉得可能有人在暗恋我。是这样的，前不久出了件怪事：一天晚上我出门后，有位美女来找我，想方设法要闯进我家。门卫查理事后才把这事告诉我。她没留下姓名或任何其他联系方式。而门卫对我的朋友圈子又相当熟悉，你也知道，工作经验丰富的门卫，对这些情况总是了如指掌。他非常确定自己从未见过这个女人。而且在查理看来，这个女人穿戴上佳，肯定是混迹上流社会的。不过，她却没有坐车或者开车，而是穿着一袭华服，从街角那边晃着就过来了，很奇怪，是吧？

“他跟我说，这个女人打开自己的手袋，看起来像是在找口红或其他什么东西，翻着翻着就把一张一百块的钞票翻到手袋最上面，就像故意给他看似的。在查理眼中，这是给他的暗示——他想得到这张钞票，就得帮她开我家房门让她进去。”

科里的脸上写满了不信。“你是说，一个门卫能经得住这张百元大钞的诱惑？少听他吹牛。”

“不见得。我觉得，这不是笔小钱，所以听起来倒有点像真的。如果他想胡编，以这个门卫的眼界，他撑死也就能编个十几二十块的数目出来。”

“好吧，那么，他就直接拿了钱让她上去？”

“没有，但这一百块钱差不多把他给收买了。他差点就把她带进我房间了。不过还好，他还算有脑子，先试探了她一下，在把她带进我的住处之前，想最后确定一下她和我是否真的认识。在陪她上楼的时候，他向她编造了一个跟我完全相反的形象，她中计了。她顺着查理的话头说她找的就是这样的一个人——由此可见，她根本就没见过我。

“当然，这事就此打住了。查理再也不敢打这一百块的主意了。他假装找不到钥匙，体面地把她给打发了。由于她穿得很像上流社会的人，所以他也不想对她出言不逊。当她发现这招行不通的时候，只是微笑地耸耸肩，晃晃悠悠地走回大街上。”

科里听得兴起，不由身子前倾，问道：“你确定自己不认识查理说的那个女人？”

“非常确定。而且正如我所说的那样，她压根不知道我长什么样。”

“那她到底打什么主意？”

“可以确定的是：她不是冲着我房里的东西来的。原因很简单，她肯付一百块给查理，只为能够走进我的房间，而这世界上大概只有魔法师才能从我那个房间里变出超过一百块钱的东西。”

科里点点头表示同意。

布利斯站起身来。“我们走吧，”他紧张地笑道，“结婚什么都好，就是结婚前的那些破事麻烦得很——今晚的宴会就挺烦人。”

“对我来说，最完美的婚姻，”科里说，“就是压根不结婚。”

他们来到过道处等电梯，就在此时，隐约从某扇门后传来一阵不太动听的电话铃声。

布利斯竖起他那对经验丰富的耳朵：“降 G 调，是我家的电话。我得快点去接，可能是玛吉打来的。”

他走回门边，忙乱地在口袋中翻找钥匙，刚取出来，又不小心掉在地上，只得蹲下身子去捡。科里用脚挡住电梯门。“快去快回，要不然别人又要把电梯开走了。”他着急地说道。

布利斯猛地打开房门，沉闷的铃声瞬间变得格外响亮，却戛然而止。他只好悻悻地再度走到外面，顺手带上房门。“就差一步，没接到。”

乘电梯下楼的时候，科里猜测道：“可能又是那个神秘女郎打来的。”

“如果真的是她，”布利斯咕哝着说，“无论她打的是什么主意，都可谓费尽心机啊。”

——

他和玛吉两人单独待着，这个小房间的位置离宴会现场有一段距离。布利斯抓抓自己后脖颈，假装有些迷茫。“来，想想看这场宴会操办得是否成功？电影我可看得多了，对付这种场面应该有八九不离十的把握。这样，我们还是用老套的闭眼法吧，这方法最保险。闭上眼睛，伸出手指。”

她一听这话，立即对着他伸出大拇指。

他把她的拇指一把拍掉。“不是这个手指。帮帮忙，我紧张得都快……”

“呃，手指错了？你自己没说清楚，我怎么知道你是要咬我的手指还是要搞点什么其他的事情?”

一枚戒指出现在她的手指上。他俩头靠头，一起望着这枚戒指；他俩的十指紧扣，口中呢喃的低语只有他们自己能懂。猛然间，他俩同时发现，还有双眼睛正直勾勾地盯着他们，于是两人不约而同地把目光望向门口。门边，有个女人默然伫立，好像脚底生根似的，一动不动。

她身上穿着层层叠叠的宽蓬黑衣，乳白色的双肩完全裸露在外，一条轻薄的黑色头巾从头发上垂曳下来，闪烁着黄色的光亮，仿佛洒上了一层玉米粉。

一抹既像同情又似嘲弄的笑意浮上她的嘴角，转瞬即逝。“请原谅。”她静静地说道，说完，便离开了。

“这姑娘好漂亮呀！”玛乔丽不由地赞叹道，双眼紧盯着空空如也的过道，仿佛被催眠了一般。

“她是谁？”

“我不知道。记得她是跟弗雷德·斯特林那伙人一起来的，但就算他们跟我介绍过，也只是表面寒暄罢了。”

说完，他俩又低头去看那枚戒指。起初的魔力已不复存在，他俩心中的那份悸动也一去不复返。这个小房间不再如刚才那么暖和，仿佛她看向这里的冷冽眼神，使这里的温度陡然降低。

她哆嗦着说道：“走吧，回到人多的地方去吧。”

——

他们回到宴会现场的时候，宴会已近尾声。于是两人下场跳起舞来，只有他和她两个人，转身、迈步，都很随意，这样，他们就有了说悄悄话的机会。

他说：“我们把八十四街的那间公寓租下来吧。如果对方说话算话，那么房租还不到五块钱……而且里面还有些可用的家具，我们可以把房子修整修整，让它看起来像样点——”

她说：“那个穿黑衣服的姑娘一直盯着你不放，我一直注意着她，她整晚都在目不转睛地看着你。要不是因为今晚我们结婚，我可能要担心了。”

他转头说道：“她没有看我啊。”

“那是因为你一转头去看她，她就把目光移开了。”

“话说回来，她到底是谁啊？”

她耸耸肩。“我一直以为她是跟弗雷德·斯特林他们一起来的，反正他无论走到哪儿都前呼后拥。但是弗雷德已经离开好一段时间了，她却仍然待在这儿。或许她想单独留下来。不管她到底是谁，我倒是很欣赏她的风度，一点儿也不装腔作势。我一直在观察她呢，整个晚上不断有人过来纠缠这个可怜的姑娘。每当她独自偷溜到露台上去透口气的时候，就会有三四个男人自作多情，觉得她是在勾引他们，便飞快地叮在她身后。没过多久，她再度走进来，通常独个儿从边门那儿过来——我不知道她到底是如何迅速地打发掉这些男人的，不过她肯定深谙此道。接着，那票男人一个又一个悄悄地溜回来，脸上挂着那种碰了钉子之后的失魂落魄的表情。整晚一直如此。”

她的手轻轻碰了下他的西装领子；他心领神会，跳到一半停了下来。

“有人要走了，我得过去送送，一会儿就回来。亲爱的，我走开的时候记得想我。”

他目送她离开，像一支旗杆似的傻站在那里，而旗杆上的旗帜却突然降下来了。望着她摇曳着那件水蓝色的晚礼服消失在房间另一端时，他转过身，朝另一个方向走出去。他得到外面的露台上去透口气。他觉得领口底下有些湿漉漉的，每回跳舞都让他满身大汗。

城市的灯光在他脚下熠熠生辉，就像变形的车轮上闪闪发光的辐条。月亮在空中若隐若现，月光皎洁，仿佛有人往夜空中撒了一大把木薯淀粉。① 就在等待她回来的这段时间里，他给自己点燃了一根香烟，俯瞰着眼下的这座城市，心情舒畅。“现在一切都完美了，”他心想，“我这么年轻，我拥有爱情，我的前途一片明朗。其他事简直不值一提。”

这座公寓楼的正面围着一圈露台，露台的一头有个转角，连接到上层的阁楼。月光照不到那个地方，一扇厚重的边门挡住了所有光线。

他游荡到露台转角处，因为另一端有对情侣，他不想打扰他们。他正好站在两面墙交会的转角处，两边的景色都尽收眼底。

突然间，他发现那个无处不在的黑衣姑娘就站在离他仅一两英尺远的地方，和他用同一个姿势望向远方——她一定是由边门不知不觉地溜进来，然后走到他身边的。她像是一尊脱离了基座的白色大理石雕像，诡异地飘浮在半空中，那身黑色连衣裙完全湮没在屋外的夜色之中。

“很棒，不是吗？”他问道。不管怎么说，他们参加了同一场宴会。

她似乎不想多谈这个话题，或许对她来说，这景色一点都不“棒”。

就在此时，科里一副色眯眯的神气走了过来。他显然已经盯

---

① 译注：原文为 tapioca，淀粉的一种，亮白色。

上这个姑娘好一阵儿了，但幸运之轮转到现在才轮到他登场。即使布利斯在场，也不对他构成任何威胁。“你，进去，”他霸道地命令道，“别这么贪心，你已经有老婆了。”

那女孩突然打断他：“你想泡我?”

“当然。”

“那就去替我弄一大杯加冰威士忌。”

科里用大拇指指向布利斯。“他倒酒比我在行。”

“我想喝你倒的。”这句话说得很露骨，但显然很奏效。

科里端回一杯她要的酒。她接过酒杯，高高举起，再慢慢倾斜酒杯，把杯中酒倒得一滴不剩，然后慢条斯理递回空酒杯：“再去替我倒一杯。”

科里懂了。这意思实在太明显，傻瓜都懂。这位社交老手飞快地盘算了一下，她那样子不像是开玩笑。他脸上一阵煞白，嘴唇也绷得没有一丝血色，一言不发地向前跨了一步，双手掐向她的脖子。

“哎呀，别激动。”就在科里碰到那姑娘之前，布利斯飞快地把他的手挡到一边。这一刻，科里的神情已然平静下来。他把双手插进裤袋里，大概觉得只有这样才能保证它们不会失去控制。既然不能动手，科里心有不甘地动口了。

“她凭什么这么耍我!”他转身大步离开。

布利斯转身紧随其后。她跟他可没关系。

然而，她飞快地伸出手把他拦下：“别走。我有话跟你说。”说完，她把手放下。

他等待着，不知道她想说什么。

“你不记得我了，对吧？”

“整晚我都在想着你到底是谁。”他才没有想这个，和参加宴会的其他男人们比起来，他是最没这种心思的。这么说只是他的敷衍。

“你见过我一次，但是你不记得了。不过，我却记得很清楚，那时你跟其他四个人坐在一辆车里面。”

“我经常跟四个朋友坐在一辆车里，次数多得数都数不清，我实在没办法——”

“那辆车的车牌号码是 D3827。”

“我这个人对数字特别不敏感。”

“那辆车停在埃克斯提瑞尔大道的某座车库里，就在布朗克斯区。而且，从此以后，它再也没有被用过。这不是很奇怪吗？那辆车一定还停在那个地方，慢慢地腐烂生锈。”

“我一点儿也想不起来了，”他困惑地说，“你到底是谁？你的身上仿佛有一股奇怪的电流……”

“电流太强，可能会引起短路。”她往远处走了一两步，似乎突然对他失去兴趣似的。她把那条闪亮的黑丝巾从头上解下来，迎风举起，丝巾随风飘扬，甩得笔直，她双手抓住丝巾的两角，在空中打开，微风把丝巾吹得鼓了起来。

突然间，她轻叫一声，丝巾飞走了，她的双臂依然停在空中。丝巾从空中慢慢飘落，正挂在她斜下方那个用来缠绕电线的瓷质绝缘球上。她略带戏谑和惊讶，看了他一眼，弯下身子，往楼底下瞧。

“掉在那儿了，就在那边！就卡在那个又白又圆的小东西上面……”她向下伸出一只手，在空中搜寻着。过了一会儿，她站直身子，脸上带着沮丧的笑容。“只差一点儿就能够着了。或许你的手臂可以伸得长一点，说不定能碰到。”

他站起来，走到墙顶上，蹲下来。他一手抓住墙边，好让自己保持重心，别太向前倾，然后别过头去够那条丝巾。

她从他身后向他接近，手掌外翻，就像是假装虔诚地在拒绝什么，随即又很快地收回来。那轻微的使力让她不禁轻呼了一声，那是一种混合了揭露、诅咒及救赎于一身的轻呼。

“尼克·基利恩太太！”

他必定听见了这声轻呼。当他向下坠落的片刻，在他黑暗的心中，这个名字必然像火花般曾经一闪而过。

露台上已是空空如也，只剩下她和黑夜拥抱着这份虚空。从露台转角处的窗户那儿，收音机里播放着伦巴的节奏，还充斥着阵阵欢笑：“要跟上步子啊，现在对了！”

过了一会儿，玛乔丽走过来，跟她面对面擦身而过。“我在找我的未婚夫，”她边说边下意识地拨弄她的婚戒，语气中难掩成功掳获战利品的骄傲，“他在外面吗？”

黑衣女子礼貌地微笑着：“在，我刚才还见到他。”她动作利落但丝毫不显急促地走向房间的另一头，身后再度吸引了众多男性仰慕的眼光。

此时，前门的衣帽间里，值班女佣和管家都不在，他们只有当客人需要服务时才会出现。而且前门关上了，以免客人们被打扰。楼下大门口的电话响了起来，但响了好一会儿都没有人接听。

玛乔丽再次从露台踱回室内，对旁边的人说：“奇怪了，他好像不在外面啊。”

过了一会儿，玛乔丽的母亲只得亲自走到楼下大门口去接那通无人接听的电话。突然，她惊恐地尖叫起来，随着这一声尖叫，整场宴会结束了。

3. 布利斯案的调查报告

卢·万格跨出出租车时，车门摇摇晃晃的，他得用胳膊架开一小群窃窃私语的围观群众才走得出去。

“出了什么事?”他问巡警，从胸前的口袋中掏出证件给他看。

“进去看吧,”巡警几乎笔直地指着上方,“从那上面摔下来的。”

早报报纸这时派上了用场，一张接一张地平铺在尸体上，形成了一个人形坟堆，坟堆的一头露出一只穿着格纹牛津鞋的脚。

“据查，他们整夜在楼上狂欢。他大概是喝得太多，靠在露台边上，一下子失去平衡，栽了下来。”巡警掀开盖在尸体上的报纸，让万格看个清楚。

有个离尸体太近的围观者没料到突然会窥见这么重口味的一幕，赶紧将头偏向一边，小心用手捂住嘴巴，急忙往后退。

“哟，你还指望瞧见些什么？紫罗兰吗?”巡警讥讽地在他背后喊着。

看到报纸堆右上角露出来的那个拳头，万格蹲了下来，慢慢抚搓那个僵硬的拳头。最后，他从紧握的拳缝中抽出一缕黑烟似的东西。

“女式手帕。”巡警在一旁附和。

“是丝巾，”万格纠正他，“手帕没这么大。”

他又低头看了看那具被报纸覆盖的尸体。

“我一眼就认出他来了，”大楼的夜班门卫说，“今晚，楼上埃利奥特家将宣布他和他们女儿订婚的消息，就是楼上的那家——”

“看来我最好上楼去把整件事情弄清楚，”万格叹了口气，“只是例行公事罢了，大概只要十分钟，最多十五分钟。”

然而，直到破晓时分，他仍在盘问面前那些疲惫不堪、乱成一团的客人们：“你们的意思是，没有人知道这个女孩叫什么名字，甚至在今晚之前从来没有人见过她?”所有的人都面无表情地摇着头。

“难道没有人问起她的名字？你们到底是些什么客人啊?”

“有人问过，”有个男人沮丧地说，“但她不肯说。每次都用类似‘知道名字有什么意思’之类的话对付过去。”

“好吧，很简单，她是个不请自来的不速之客。现在我想要知道：为什么？她这么做，动机何在?”玛乔丽的母亲刚好走进来，他转头问她：“丢了什么贵重物品？有没有被偷走什么?”

“没有，”她啜泣着，“东西都没有丢，我刚才全都清点过了。”

“这么说来，她闯入的动机并非劫财。按照你们的说法，整个晚上她似乎都在尽量回避其他年轻小伙的纠缠，可当她一逮到机会跟布利斯独处时却又紧盯着他不放。就像你说的那样……”他转向科里，“……他从自己公寓的门卫那儿已听过有关这女子的外形描述，但他似乎没有认出她来。而当他在这里终于见到她时，似乎也从未见过对方。

“——如果我们假设这两人是同一个女孩——到目前为止，我们能问清楚的就只有这么多——除了你们已经告诉我的，有没有人再补充一下这女孩的外貌？”

没有任何补充。宴会上许多人都见过她，现有的笔录，已经足够详尽。客人们一个个一脸哀伤地留下自己的姓名住址，以备警方将来进一步讯问。科里径自走向万格。他已经喝了很多，却清醒得很。“我是他最要好的朋友，”他声音低哑地说，“你对此事怎么看？你觉得哪种可能性最大？”

“嗯，我会告诉你，”万格边回答边准备要离开，“但这并不代表你能比别人知道得更多。到目前为止，还没有任何迹象证明这不是桩意外——除了一件事：事发后，她就不见踪影了，而不是像其他宾客一样留下来接受讯问。此外，非常可疑的一点是，当她在走道上碰到埃利奥特小姐时，后者曾问过她有没有见到自己的未婚夫，而她则冷静地回答刚刚还在，并未表现出看见有人摔下楼或被杀时应该有的那种惊慌失措。当然，也可能是在她已经离开并且走进房间之后，他才失足跌下去的。不过，另一方面，他是紧握着她那条黑丝巾跌下楼去的。所以我有理由相信，事发时，他们两人是在一起的。也有另一种可能是，她不小心弄丢了丝巾，或是请他替她拿着，随后她就走进房间去了。

“你看，哪一种说法都有可能，概率是一半一半，无论采用哪一种说法，另一种可能都同样存在。但我最终会采取哪一种，将取决于她最终会怎么做。如果她在一两天内出面澄清疑点，回应警方对她的搜寻，那么意外的成分就比较大——她当时之所以跑掉，可能只是不想搞坏自己的名声，因为她未经邀请就擅闯他人的婚宴。如果，她仍然躲着不露头，我们就要追缉她，并把这案子归为谋杀案，这么做也不算离谱。”

他把搜集到的各项记录和相关数据资料都收到袋子里。

“我们会抓到她的，别担心。”

然而他们并没有抓到。

◆ 十五天后，邦威特·特勒百货公司的晚宴饰品部

“没错，这是本公司售卖的晚宴头巾，每条十二美金。这东西只有在本店才买得到，是本公司的专卖品。”

“很好，现在请把所有的售货员都叫到这儿来，我要询问一下，是否有人曾出售这种丝巾给一位符合下列特征的女人。”

所有人员到齐，他重复描述了三次之后，有个戴眼镜的小个子发言了：“我……我记得曾经卖过一条黑丝巾给一位符合这些特征的漂亮女人，那大约是在两个多星期之前。”

“很好！快把收据找出来，把送货的地址拿给我。”

然而过了十五分钟后，他所得到的回答是：“这位客人付的是现金，而且是自己提货的：她没有留下姓名或是住址。”

“你们一向都是以这种方式交易的吗？”

“不是，这些是高档货，通常我们都是送货到府。但这回是特别应顾客的要求，才让她直接把货品带走，我记得很清楚。”

“那是为了不留下证据。”万格压低语调说道。

◆ **三个星期后，万格呈给上级的报告**

“……至今仍丝毫没有她的踪迹。完全查不出她的身份，也查不出来自何处、去向何方。如果她真的犯下此案，也不明白其动机为何。我已经全面盘查过布利斯过去的交往背景，甚至远溯至他的初恋情人，但她跟此案全然无关。他公寓大楼的管理员查理和他好友科里的证词，似乎也显示无论她是谁，他根本不认识这名女子。

“然而，在宴会上，她故意吊足所有人的胃口，不让别人靠近，却一直伺机等待，直到能单独跟他在阳台相处。所以她认错人的机会微乎其微。

“总之，本案并非意外，唯一的线索就是，这位神秘女郎行为怪异，且在事发后杳无踪迹，不愿出面向警方澄清。另一方面，除了上述疑点，目前并无强有力的证据，足以证明这件案子是桩谋杀案。”

◆ **关于布利斯一案，万格所做的卷宗**

被害人在五月二十日，清晨四时三十分，由十七楼的阳台上跌落地面死亡。死前有人见到他跟一位年约二十六岁的女子在一起，此女子肤色白皙，发色金黄，蓝眼睛，身高五英尺五英寸①，

---

① 约合一米六五。

身份不详。目前警方正通缉她到案说明情况。

动机：不确定本案是否为谋杀案，但若属之，动机应与感情因素有关或属于情杀。没有记录显示两人曾经有过交往。

证人：无。

物证：黑色晚宴用丝巾，五月十九日购于邦威特·特勒百货公司。

未结案

第二章　米切尔

一开始，他以为自己听见了鹿的脚步声，定睛一看，
原来是一头美洲豹在前方潜行。

——莫泊桑

1. 女人

米丽娅姆在海伦娜旅馆工作的时间太久，以至于没人记得她到底姓什么。她是个肤色深棕、身材短小精悍的女人。她身上有三件事是无法改变的：头一个就是她的英国公民身份。因为她碰巧出生在英属牙买加岛，所以她天生就有这身份。然后就是她的金币耳环，以及她打扫房间的那套“体系”。从来没有人打算去改变前两条，不过有人曾对她打扫房间的顺序有点不以为然，但到头来发现，要改变这一点绝无可能。

她打扫房间的顺序完全不是按门牌号码进行，也跟房间的位置或昏暗且吱呀作响的走廊过道毫无关系。事实上，这是她内心深处某种神秘代数运算的结果，个中奥妙只有她本人才弄得清楚。没有人能够干扰这法则，否则就会倒大霉，她会回敬一长串恶言恶语。当她在那迷宫式的长廊中打扫时，如果有人胆敢莽撞地胡乱发表意见，就算这冒失鬼意识到自己犯了天大的错误，逃之夭夭，她还是会无休无止地念叨上好几个小时。

“十四号房排在十七号房后面。一定得先等我清理好十七号房，我从不先打扫十四号房。”

而她这套打扫的“顺序”也跟小费无关，因为住海伦娜旅馆的客人根本没有给服务员小费的习惯。米丽娅姆这种特殊的嗜好大概是某种“兴趣爱好”吧，打扫房间的先后顺序完全根据她的个人好恶而定。

她这套独特的“清扫顺序系统”终于轮转到了这个特定的时间点，可以打扫“十九号”房间了，米丽娅姆走向陈旧走廊的尽头，一手拎着铁桶，一手拿着长棍，长棍的一端可安装鸡毛掸子。

她在十九号门口停下来，把钥匙反过来在门上敲两下。其实敲门只是个形式，要是她发现十九号里此刻居然还有人、干扰了她完美的“顺序系统”，那么她一定会暴跳如雷。此时此刻，十九号绝不可能有房客在里面待着，十九号的房客根本没有资格在这个时刻还待在里面。

用钥匙敲门，并不是因为她遵守旅馆的服务守则。那只是条件反射而已，她进门前一定要先做这个动作。事实上，当她工作了一整天回家时，也会先条件反射地敲几下门，然后才把钥匙插入锁孔。

她猛地把门推开，走进那个狭小而又单调的房间。地毯上的图案都被磨得差不多掉光了。地板上还有一层灰绿色菌丝般的东西。窗外几英尺远的地方，一堵白色石灰砖砌成的墙挡住了视线。低垂的阳光费力地穿透砖墙斜射进一条光柱。房间里没有这些光线其实反而好些，这房间只有在光线不足的时候才显得比较干净。在阳光的照射下，整个房看起来洒满了粉末状的灰尘。

在床头的那面墙上挂了一排女孩的照片，各种尺寸都有，全都装在玻璃镜框里面，米丽娅姆根本连瞧都懒得瞧，大多数照片已经挂在那儿好多年了。她心想，眼下和这位“十九号”房客交往的女人一定不会把照片挂在这面墙上，因为那个女人肯定没钱去影楼拍照，而他也没钱去把照片装裱起来，更何况这面墙上也没地方容下其他照片了。他现在也已经老了，心有余而力不足。室内的陈设说明了一切。

她铺好床，飞快地掀动床单，这一下，照进房间的光柱里飞满了尘粒。米丽娅姆虚掩房门，留下一些缝隙。她这么做并不感觉自己有什么见不得光，反倒像是受到委屈之后的发泄。她甚至还激动地大声说出心中的不满：“老是藏起来，总是东藏西藏的，他以为谁会拿他的东西啊？他觉得谁稀罕呀？”

她用手背擦了擦嘴，也许这又是某种条件反射。她打开衣柜，弯下身，在一堆肮脏的衬衫中翻出一瓶杜松子酒，就像从洞穴里揪出一只兔子似的。

一见到酒瓶，她不但不满意，反倒一脸愤慨。“除了我之外还有谁会进这个房间？明明知道除了我之外，根本不会有其他人进来，还这么疑神疑鬼的！”

她将酒瓶倾斜，啜饮了一口才放下来，然后拿着瓶子走到洗脸池边上，熟练地打开冷水龙头。她把酒瓶放在水龙头下面，灌了点水，再度移开，酒瓶里的液体刚好回填到原先的高度，让酒的分量看起来不多不少，刚刚好。其实玩这套把戏并不困难，因为在瓶身的毛玻璃上，早就有两道用铅笔标好的记号，她只要对准标记添对分量就好了。为了平衡对自己贪杯的良心不安，她靠不停说话来排除这种内心的小矛盾。现在她以近乎遭受迫害的口吻说：“哼！可怜虫！吝啬的老东西！”她带着某种安地列斯群岛人特有的愤懑，瞪大了眼睛，同时伴随着金耳环的叮当轻响：“我最讨厌人家不信任我了！”

她把酒瓶放回原处，关上柜子，然后把房门开到原来的位置，接着便开始第二阶段的清洁打扫工作。说是打扫，其实就是是拿着扫帚在墙角随意东挥西扫，那动作看起来就像是站在河中的岩石上拿标枪去扎水下的鲑鱼似的。

正当米丽娅姆在忙活这些煞有其事的大工程时，她突然察觉到有人在看她。她转过头去，见到有位女士站在过道上，正从敞开的房门向里头张望。米丽娅姆一眼就看出她不住这家旅馆，立即，她在米丽娅姆心目中的地位也随之提高——凡是住在这旅馆中的房客，米丽娅姆一律鄙而视之并刻薄以对；而只要是不住在这儿的人，她便尊为贵人，对他们的态度发自内心地和蔼可亲。她对待两者的态度有天壤之别。

“有什么事吗，这位女士？”她热忱地说，“你是要找米切尔先生吗？”

这位女士非常友善，说话的声调也非常温柔。“不是的，”她微笑道，“我只是刚好路过这儿，顺道过来看一位朋友，但是她不在。我刚才正准备走回电梯那边，不过恐怕我是有点迷路了……”

米丽娅姆把头靠在拖把的扶柄上，像个正在休息的威尼斯船夫。她希望这位女士不要立刻走开。

她没有走开。只是不经意地向房门前走近了一步，不过她仍优雅地站在门外，从她脸上的表情看出来，她对米丽娅姆和她刚才所说的话抱有极大的兴趣。

米丽娅姆在金色的阳光中设法修整自己的形象，扶着拖把，扭动着身子。

“你知道，”那位女士用一种女人之间特有的亲密口吻说，“我一向认为，从一个人所居住的房间，就可以看出此人的性格和嗜好。”

“是啊，真是这样，这点你真是说对了。”米丽娅姆由衷地表示同意。

“就拿这个房间来说吧——既然你碰巧在这里打扫，我也碰巧路过门口，而且，我对住在这儿的人一无所知……”

“米切尔先生？”米丽娅姆很快地回应道。现在的她，如同被催眠一般，专注于面前的这个女人，把整个下巴搁在拖把的把手上。

那女士挥挥手，似乎名字根本无所谓：“名字不是问题，无论是米切尔或是其他什么名字都没关系——反正我不认识他，也从未见过他。不过我倒能跟你说说我对这房间的观感。要是说得不对，请及时纠正我。”

米丽娅姆扭动着肩膀，喜悦地期待着。“快说吧。”她屏息以待。这简直就跟让算命师看手相一样刺激，而且还是免费的。

“他不怎么爱整洁，你看，灯上缠着的那根领带——”

“他是个邋遢鬼。”米丽娅姆高声附和道。

“他并不富裕。不过，当然啦，从他住这儿就能看得出来，这家旅馆不算太贵……”

“他总要拖上一个半月才能交上房租，八年来年年如此！”米丽娅姆悄悄地她给透了个底。

那个女士停顿了一下——不是为了把谎话编圆，倒像是在说话前仔细斟酌自己的遣词造句。“他没工作，”她终于说话了，“房间那头的字纸篓里有一张今天的早报，我站这里就能看到。显然他睡到中午才起床，出门鬼混前先读了一会儿报纸。”

米丽娅姆听着出神，不由自主地点点头，眼睛紧盯着这个机敏、智慧、幽灵般优雅的女子，无法移开目光，要是有人在这个时候猛地把拖把从她身下拿开，估计她依然能保持那副半倾斜的姿态。

“他这人很无能，靠每个月的退休金过活，我也不知道他到底还能从哪儿弄钱，”她一脸钦佩地摇头说道，“天哪，你可真厉害。”

“他孑然一身，没什么朋友，”她抬起双眼，注视着墙面，“墙上这些姑娘的照片正是他寂寞的写照，要是他真有很多朋友，就不必挂这些照片了。”

米丽娅姆倒从未想过这一点。这么多年来，她从未在意过墙上这些照片。事实上，如果这些照片对她有任何意义的话，充其量只是向她印证了拥有这些照片的主人内心龌龊，依然沉浸在以往的风流韵事中沾沾自喜。最初看到这些照片时，有一两次，她忍不住鄙夷地大声骂道：“肮脏东西！”

“即使，”那位女士继续说道，“他真的认识照片中的女孩们——事实上不太可能——他也是一次只认识一个，并不是同时认识这么多。战后流行的梳向右耳后的蓬蓬头；还有二十年代初风靡一时的日式娃娃头；然后是几年前才风行起来的齐肩中发……”

米丽娅姆转过头来，望着身后的那面墙。现在，她把一侧耳朵的上端贴在拖把圆柄的顶端，甚至还轻轻来回挪动圆柄，蹭着自己的头。

“他从未遇见过真心中意的那个人。如果他真的有心上人，墙上也就不会挂那么多照片了，一张都不会挂。但这些照片……”她若有所思地轻轻敲了敲下排牙齿，“如果把这些照片上女孩子的形象混搭起来，凑出一张合成照，你就能从中看出他长久以来一直寻觅的是什么人了。”

“哇噻!”米丽娅姆惊叹不已，显然她从来就不知道他在寻觅。至少，他所追寻的并不曾在日常寒暄里提及。

“他一直都在寻找一份神秘感、一种幻影。那种不食人间烟火的女孩，只存在于他所编织的想象世界中。那是一种飘浮在现实世界之外的无根幻想，一个根本触碰不到的对象。他想要的是个千依百顺，长于迎合的宫廷女奴，一个玛塔·哈里①。”

“谁?”米丽娅姆自以为机警地反问道，一面晃着头四下张望。

“看看墙上的那些照片吧，没有一张是她们的真实模样，或是她们曾经有过的真实模样。那照片应该是经过了薄纱笼罩镜头般的柔化处理，人物都笼罩在柔和的光晕中——透过蕾丝折扇露出的眼神、镜中反打的影像、嘴里衔着的玫瑰——”她不带恶意地微微一笑，“映照出一个男人和他的梦。”

“我想呀，他永远都不会得到他想要的那种女人。”米丽娅姆说。

---

① 译注：Mata Hari，意即“黎明的眼睛”，原指利用美色获取情报的蛇蝎美女，此指极其吸引人的女性。

“很难说，”站在门口的那位女士微笑着，“真的很难说。”

然后她迷人而又调皮地偏了偏头，转头面向米丽娅姆：“说真的，我猜对的地方是不是比猜错的地方多?”

“你全说对了!”米丽娅姆对她佩服得五体投地。

“明白了吧？所以我说，空房间也能说话。”

“可不是吗！确实如此。”

“好吧，我不该再耽搁你的工作了……”她亲热而又飞快地挥了挥手指，露出道别时那种格外亲切的笑容，转身离开。

她走出去之后，米丽娅姆惆怅地叹了口气。她将拖把往墙边一靠，走到门外张望着，那个女人走向走道尽头，转弯。

走道上空无一人。

米丽娅姆又叹了一口气，感到更加怅然若失。这可真是一场令人愉悦的谈话啊！富有启发性，而且很有趣！这番对话结束得这么快，要是能再多说一会儿就好了，最好一直聊到她打扫完另一个房间。

从她看不见的转角处，传来电梯门轻轻关上的声音。她走了，永远不会再回来了。米丽娅姆不情愿地回到房间，继续她未完成的工作。

“她人真好呀，”她意犹未尽地喃喃自语，“她绝对不会再回到这儿来了。”

2. 米切尔

米切尔一如往常准时走进旅馆破败的大厅，胳膊底下夹了份报纸。他在柜台边停留了一会儿，看看是否有自己的信件。大堂前台意味深长地看了他一眼，那种眼神是专门用来对付他这种年年拖欠一个半月房租的房客的。他有三封信。

第一封是在餐馆工作的女朋友梅贝尔捎来的短笺。第二封则是误投，应该搁进上一层信箱里才对。第三封他一看就知道既不是广告也不是账单，而且信封上的地址是用打字机打上去的，没有回信地址。他对于广告和账单的嗅觉特别灵敏。

他走上楼，关上房门，四下望了望这房间。他已经在这儿住了十二年，历经如此长的岁月之后，这房间多少也能反映出主人的个性风貌了。墙上琳琅满目地挂满女孩子的照片，看上去就像个正规的画廊。但这并不能说他是个放荡之徒，他只是个浪漫主义者罢了。他一直在寻觅理想的意中人，他希望对方既耀目又神秘，风情万种，精通化装舞会、面具、扇子以及秘密约会等等那套浪漫玩意儿。可是，他所碰到的对象不是查尔兹餐馆女侍就是赫恩百货公司的售货员。没多久，他就错过了找到意中人的最佳时机；再没多久，找得到找不到也就无所谓了。

他挂好外套，插在侧边口袋里的第三封信露出白色信封的一角。他从衣柜最里头的一堆脏衬衫底下摸出那瓶杜松子酒，藏在那儿的话，清洁女工应该找不到。他只让自己喝上两指高的杜松子酒，而且每瓶酒都先分好标尺，这样一瓶酒才能喝上两个星期。他拿起酒瓶对准嘴巴灌下去，连量杯都不用。

夜幕再度低垂，又是乏味的一夜，迷人的事物从来不会降临在他身上。他只是廉价货色，住廉价的旅馆房间。他只是穿廉价衬衫的男人，只有廉价的杜松子酒和自怨自艾的廉价感伤。他心想，不如现在就打电话给梅贝尔，至少能够打发这漫漫长夜，反正自己熬到最后也会打给她。但他也料想得到她会说什么话、穿什么衣服、心里想什么。不外乎啤酒加肝泥香肠。

他拿起电话，报上梅贝尔家的房号。然后他得在电话这头等上个大半天，听房东太太扯着嗓子朝四楼猛喊，叫她下楼接电话。他对此早就习以为常，很清楚自己得等上多久。于是他先放下话筒，走到外套那儿去拿烟。他瞧见外套口袋里还没拆开的那第三封信，抽出信来，撕开了信封。

一张深红色的戏票从信封里掉了出来。除此之外，信封里什么也没有。“埃尔金戏院。特别包厢 A－1 座。周二晚场，当晚有效。”就是今晚呀。戏票一角还标着票价“3.30 美金”。这应该不可能是什么当晚有效的戏票吧，一定是骗人的。他反复察看这张票，但上头没有任何说明。他不需要支付额外款项，这真的是张戏票。不过，谁会寄这种东西给他？

电话那头传来刺耳的金属噪音，他走回去拿起话筒。“她马上就下来。”梅贝尔的房东太太如是说，伴随着远处阵阵“踢踢踏踏”的沉重脚步声。她总是这样，鞋子还没穿好就走下楼，鞋底在地上拍打着。

“对不起，”他坚定地说，“我拨错号码了。”随手挂掉电话。

他开始准备出门，正打理头发的时候，电话铃声响了起来。是梅贝尔。

“米切尔，你刚才有没有打电话给我？”

“没有。”他撒谎撒得理所当然。

“那么，要不要我今晚去看你？”

“啊，不用了。”他假情假意地咕哝着，“我有点感冒，在床上躺着呢。”

“是这样啊？要不要我过来陪你？”

“不，不用了，”他急忙说道，“你会被我传染，那么你一整个星期都没办法工作了。”

在对方还想再唠叨唠叨，表达多余的善意之前，他先挂掉了电话。

当他来到埃尔金剧院门口把戏票亮出来时，还以为自己八成会被票务人员挡在门口。结果，人家不但接受了这张戏票，还待他格外殷勤，因为这是特别包厢的戏票。

那么这张戏票果然是当晚有效！这点已经确认无疑。但，到底是谁寄给他的呢？那么，当他到达特别包厢时，那个人会不会已经等在那儿了？要是包厢里面不止一个人，他又怎么知道到底是谁给了他票呢？

当带位员带他进入包厢时，里头空无一人，他心中感到失望。每间特别包厢刚好能容纳四个人，两侧和后方都有墙壁隔着，以防受到邻座及其他楼座包厢的干扰。这是戏院中最隐秘的所在，比普通包厢更隐秘。

只有他独个儿坐着，其他三张位子全都空着。这使他感到有些怪异，便不断东张西望，看看是否会有人进来。他甚至盼望那个领位员走过来拍他的肩膀，告诉他整件事是一场误会，告诉他这个时候楼下售票窗口那边正有人来要回这张票，所以只得请他离座了。但这种事并没有出现，其他的特别包厢已渐渐满座，而他所在的这间位于剧院最中央、位置最好的包厢里，却仍然只有他一人。开始演出了，戏院内的灯光暗下来，观众席的灯光变成昏暗的蓝色，他身边那三个座位还是空位子，仿佛这间特别包厢事先已被人包了下来，以确保不会有其他人进来坐这些位置。

开演了，一幕幕迷人、逼真的剧情在他面前展开。他全神贯注，浑然忘我，渐渐忘记自己今晚是如何诡异地来到这个地方的。猛然间，他发现身边多了个人。到底她是何时进来的？他一无所知，他根本没看见带位员的手电筒灯光，也没听见什么外衣窸窣的摩擦声。不过就算有，他大概也没注意到。

他俩后方的那两个位子一直都没人坐。看完第一幕的前半场，剩下的演出他压根一眼都没有往下看。自从看到她的那一刻，他的目光就无法挪开。她真漂亮，天呀，她太漂亮了！她有一头红发和一张宝石般的脸庞，披着一条深色的丝绒披肩，披肩内层的颜色比较浅，而她就从这层层叠叠包裹着她的衣服中体态轻盈地升起，就像一位站立在贝壳中的女神。

他根本不敢主动与她攀谈，但突然间，她对着他转过头，将一支烟举向唇边，等着他来替她把烟点上。“不介意吗?”她说，语调中带着点异国口音，“我想，在特别包厢里应该可以抽烟吧。”

他们就这么认识了。

在她预定来访的时刻到来之前，他早已备妥一切。他仍不敢相信她真要到这儿来看他。这是她自己提出来的，他根本不敢有此妄想。他已经事先告诉她该如何避开楼下大厅的闲杂人等，直接由屋后的安全梯上楼，这类窍门只有他这种老房客才知晓。不过，尽管安排得如此周详，她还是巧妙地让他懂得：这次的到访并不是什么幽会。当然不是。你不会跟自己的梦中人发生关系，你只崇拜她。

他向后退了几步，对着那面墙看了又看。女孩的相片全被拿下来了，但经年累月的，墙上仍留下一些泛黄的相框印渍。现在他终于觅得梦寐以求的意中人，还留着这些假货干什么?他搬来一架屏风，放在床边。除此之外，他对这个房间再也无计可施，它看起来就是个每周八块钱的狗窝。

他紧张地搓着手，再看了一眼镜子，检查自己的新领带是否合适。

电话铃响了，他急忙去接，差点把自己绊倒。她不来了吗?她改变心意了?他听到对方的声音，立刻紧皱双眉、一脸失望。电话那头是梅贝尔。

“你的流感好点了没？我整天都在担心你呢，米切尔。我从餐馆里弄了点鸡汤和一些特餐，打包带过来给你，生病的时候吃这些食物对你的身体最好了……”

他苦闷坏了。天呀，他这么多年来就等着今晚呢！“你星期三不是要上夜班吗?”他不客气地咆哮起来。

“为了过来照顾你，我跟同事换班了。”

“不行！改天吧，今晚我不会见你……”

她在电话那头抽噎：“算你狠！你会后悔的！”

他冷漠地挂上电话，这时，门外恰好传来他期待已久、轻轻的敲门声。

他打开房门，梦中人走了进来，如同他幻想的那样。她仍披着那天在戏院里披着的那条丝绒披肩。

见到她，他手足无措，不知该说些什么，他以前从未跟这样的梦中人共处过。“楼梯好找吧？我……我其实该下楼到转角处等你的。”

他打开收音机，正播报体育评论，他又关上。

她从披肩下面拿出一瓶东西。要是梅贝尔那样的女人做出这种动作那可真是低俗无比；但是她，完全没问题，连做这种动作她都显得那么优雅，那么有魅力。

“这是为我俩准备的，”她说，“中东亚力酒①，我特地为今晚的会面准备的。”酒尚未开封，瓶口上的铝箔纸包得好好的，他得用开瓶器把软木塞拔出来。

---

① 译注：arak，以葡萄和茴香酿制的中东烈酒，也有地方用椰枣和土豆酿造。

酒的劲道很强，喝下去却让人心情开朗明媚。这酒让他的舌头也灵活起来，说话无拘无束，倒豆子似的掏心掏肺。“你就是我一直梦到的那个人呐，你简直就是直接从我脑海里走出来的。”

“真正聪明的女人能满足所有男人的幻想，犹如变色龙般，随着对方的幻想，随时变换自己的外貌。她要做的就是找出这些幻想。那些墙上的照片早就已经清楚地告诉我，你所寻觅的心上人是什么样子——”

他瞪大眼睛望着她，手中的酒杯差点摔下来。“你怎么知道墙上曾经挂过照片！你之前来过这个房间？”

她轻啜了一口酒，轻轻咳了一下。“没有，”她说，“从墙上的痕迹大小很容易就可以看得出来，这上面挂过照片。会这么做的人，基本上是个浪漫的人，他所寻觅的对象，则是个浪漫、传奇的女性。”

“嗯。”他再度拿起酒杯。此刻他已经神志不清。他太开心了，没再深究下去，“真有意思……”

“什么东西有意思？”

“你在这里，你让这破地方变得光彩熠熠，充满温暖的气息。你让时光倒退了二十年，并让我觉得……觉得就像回到过去，有一回，休假，我戴着军盔走在林荫大道上，那时我觉得我一定会遇见……”

“遇见什么？”

“我也不知道，某种美妙的东西吧。虽然我从未遇到，不过这没有关系，因为总会有机会。重要的是当时我内心的那份感受。它让我的步履无比轻快，犹如走在云端。我一直很想再体验一下那份感受，不过自从那回之后，我就再也没体验过那种美妙滋味了。你一定有什么魔法。”

“暗黑魔法还是光明魔法？”

他一脸茫然地傻笑着，显然没听懂这句话的弦外之音。

“我该走了，”她站起来，走到梳妆柗那儿，“离开之前再来一杯吧，我想这瓶子里的酒还够咱俩一人一杯。”她拿起酒瓶，凑在灯光下打量着。他们拿写字台凑合着当作酒桌。她倒满两杯酒，然后停下来，将杯子放在另一端，离他远远的。“我要打扮得再漂亮些，让你再瞧我最后一眼。”说完，她回眸嫣然一笑。

她利落地打开手中小小的金属粉盒，身体依傍在写字台上，向前面朝镜子，轻轻挥着手扑粉，粉盒中飘洒出的绝大多数粉末并没有落在她的鼻子上，事实上，她把盒子里的香粉都撒在了自己和镜子之间。

他坐在那儿，醉眼蒙眬地看着她傻笑。

她的鼻子没有变得更白皙，不过这可能只是因为她把粉抹得很均匀的缘故。些许白色粉末掉落到了暗棕色的写字台上，为了台面变得更干净些，她弯身吹口气，让粉末消失于无形。

她拿起酒杯走回他身边。

他像条狗一样忠诚地抬头望着她。“真不敢相信这种好事会发生在我身上。你真的就在这儿，此刻你就这样俯着身子，把酒杯递给我。你吐出的芬芳气息扰乱着我的头发，这气息中有股甜香，就像房间里盛放着康乃馨，它散发的芬芳气味围绕着我……”

他放下杯子，她也放下，好像她必须得跟他保持动作一致似的。

“当你跨出这扇门，我将明白这一切都不是真的。今晚我会梦见你，第二天早上，我将分不清什么是梦幻，什么是真实。我现在就已经分不清了。”

“喝吧。”当他伸手去拿另外一杯时，她突然厉声喝道，“不对，那杯才是你的酒，在那儿，你忘记了吗？”她的口气严厉得出人意料。

“为什么而干杯呢？”

“为即将降临的美梦。但愿那是个又美好又悠长的梦。”

他猛地抓起酒杯。“为美梦干杯。”

她看着他喝下大半杯酒。“今晚并非我们初次碰面。”她若有所思地说着。

“是啊，那晚在戏院。”

“也不是在戏院。你以前见过我一次，在教堂的台阶上。你还记得吗？”

“在教堂的台阶上？”他的头像白痴似的低垂着，他挣扎着抬起头，“当时你那儿干什么？”

“在结婚。现在你记起来了吗？”

他茫然地听完她的话，将杯中的酒一饮而尽。“那么，我出席婚礼了吗？”

“是呀，你参加了婚礼，你当然也在场。”她突然站起来，猛地把收音机打开，“这种时刻，让我们来点音乐吧。”

瞬间，一阵阵诡异、低沉的长号声在他们身边响起。她伴随着音乐开始在他身边翩翩起舞，转得愈来愈快，裙摆飘起，露出小巧白皙的膝盖。

现在没人把我当成宝，

看来一切都不妙……

他用手支着脑袋，说道：“我看不清楚你了，这是怎么回事呀？电灯怎么一闪一闪的？”

舞愈跳愈快，这是胜利和葬礼之舞。“闪烁的不是灯光，而是你摇摇欲坠的生命。”

他的酒杯跌落至地上，裂成碎片，整个人开始翻腾扭曲。“我的胸口……快要炸开了。快找人救我，找医生来……”

“再高明的医生现在赶过来都来不及了。”现在，她看上去像个陀螺似的，仿佛正顺着狭长的墙壁往远处退。他的目光渐渐黯淡，在他眼中，她就像一抹微光，随后像冷却下来的金属，渐渐地，她的身影似乎永远消失在黑暗之中。

他躺在她的脚边垂死挣扎，口吐白沫，口中不断呻吟着：“……只想让你高兴……”

远处传来嘲弄的低语：“你已经做到……你已经做到……”四周又渐趋沉寂。

她背靠身后的房门，正准备将它关紧，随即僵住不动。房门离门框还有条一英寸窄的门缝，如此，她就能决定是否让门外的人进来。

她们俩通过门缝望着对方，相距仅一英尺。梅贝尔是个金发、丰满、有些邋遢的女人。她拿着一个圆筒盒，圆筒盒外面用褐色纸袋胡乱包着，里面像是装了些熟食。那位披丝绒披肩的女人像个斗牛士般轻蔑但不失小心地打量着她。

梅贝尔先开口，她的口红搽得太浓，一张嘴说话就像张着血盆大口：“我给米切尔带来了这个。如果他不想见我，那就不必见了，现在我明白了。但请转告他一声……”

“说什么?”

“告诉他这东西要趁热喝掉。”

披着披肩的女人眼神越过她的肩膀，瞥了一眼梅贝尔身后。“刚才楼下有人看见你走进来吗?”

“是啊，当然了。”

“他们也瞧见你带着汤上来了?”

“当然呀。”

把她骗到房间里简直易如反掌。她已经用屏风围住了他的尸体。一听到敲门声，她就身手利落地把一切先掩饰好。这多简单呀，在这个蠢姑娘发现尸体之前，她完全可以如法炮制，用他之前喝过的那杯酒杀她灭口。或者，把她留在这儿，卷入这场是非，她太蠢笨，根本没有能力为自己洗脱罪名。

她把目光转回她身上，果断把房门在身后紧紧关上：“下楼，从哪里来回哪里去。总之尽快离开这个地方。”这不是威胁，而是警告。

梅贝尔睁着那双湛蓝的眼睛，呆呆地望着她。

“快走！在这里待的时间越长就对你越不利。记得把那盒东西也一并带走，别打开，让看到你的人认为你上来之后没法进门。尽量多找一些人待着，保护你自己!”

她推了一把这个反应迟钝的笨蛋。梅贝尔不由自主地沿着走廊向电梯走去。走到走廊的尽头转角处，金发女孩回头迷迷糊糊地问道："但到……到底怎么了？发生了什么事情？"

"你的朋友死在房间里了，我杀了他。我不愿让你卷入这场是非。你这个傻瓜，我并不想对付——其他女人啊。"

梅贝尔还没等她说完，就爆发出阵阵尖叫，叫声像指甲划过玻璃般刺耳。她慌慌张张，转身跑得无影无踪。

披着披肩的女人迅速离开现场，动作谨慎而优雅，丝毫不像仓皇逃跑的样子。她走向走廊另一端，那边有一扇上了铰链的逃生门。她从门后那座无人看管的侧梯从容离去。

3. 米切尔案的调查报告

案发将近一星期后，万格的上司才把这个案子交给万格侦办。有个叫克利里的人着手侦查了一阵，但始终没什么头绪。

“听着，万格，海伦娜旅馆发生了一件不寻常的案子，我正在读这份送来的调查报告，突然联想到，它和布利斯案有些相似——还记得吗？大约发生在六个月前的那桩？乍看之下，它们并无相似。毫无疑问，眼前这桩案子确确实实是一桩谋杀案。我之所以会注意到这两个案子的关联，是因为其中都牵涉到一个女人，事发之后，她似乎立即消失无踪，没有留下任何线索能让警方找到她。此外，我们也完全查不出任何行凶的动机，这两点很不寻常。所以我先让克利里去帮你查一下，他会把找到的线索交给你，你可以根据他列出来的那些与案件相关的人员名单展开访谈。你很熟悉布利斯案，而克利里并不了解，所以，关于这个案子，你更有发言权。如果你侦查出这两个案子有任何关联，无论多么细微的关联，都一定要让我知道。现在把你手上的案子都放下，全力侦办此案。”

克利里说："经过一周的查访，这是我目前所找到的线索。线索非常清楚，却毫无意义。这案子看起来像是毫无理性的疯狂女杀手犯下的罪行。但我有足够的证据证明，她并非疯子，相信你看完档案之后，也会作出同样的判断。言归正传，被害人喝下一杯含有少量氰酸钾的中东亚力酒后死亡，换句话说，他是死于酒中的剧毒物质。"

"是的，我在报告中看到过这个结论。"

"这里有目击者的证词。你可以等一下再读，我先叙述一下本案的要点。首先，我找到一张红色的戏票票根——就是进场时把票子交给检票员后对方撕下来还给你的那张票根。这是在他外套内层的口袋中找到的。根据调查，我发现事情大致是这样的：在他死亡前两天的晚上，有个非常漂亮的红发女郎到埃尔金戏院的售票处，说她想买下一间特别包厢的所有票。售票员问她想要买哪一晚的票，她说任何一天都可以，她只在乎是否能买下整个包厢。其中有两点极不寻常之处：首先，对大部分的顾客来说，看戏的日期很重要的，所有买票的人肯定都会挑一个自己想要的日子。第二，特别包厢的位子到底有几个，她似乎一点也不在意，她根本连问都没问，也不管自己是否得买下三、四或五个位子的票子。于是售票员给了她第一晚的特别包厢座位，一共四张票，而命案恰恰就在第二天晚上发生，自然令他印象非常深刻。

"这四张包厢票中的两张，最后并没有人执票前来。戏院工作人员当天只见到米切尔独自一人拿着一张票来看戏。过了好一会儿，买票的那个女人也单独出现了。而且她出现的时候，戏早就开演了。"

“可是只有一个人能证明她就是当初买票的那个女人。”万格提醒他。

“对，是售票员，你手上拿的正是他的口供。当晚售票处关门之后，他碰巧站在两层楼梯之间看戏。她上楼时经过他身边，他十分肯定地认出了她。

“现在我们要谈到整个事情的关键部分。我询问过那天在特别包厢当班的领位员，他的叙述使我确信，他们两人彼此完全不认识。他为她领位的时候特别留心了一下，因为：第一，特别包厢座位的观众原本就比剧院前方席位或二楼包厢的观众要少得多，她来得特别晚，进来的时候十分显眼。第二，她美貌非凡，引人瞩目，又是一个人来。对他而言，这些都很不寻常。

“鉴于上述几项理由，当她就座的时候，即使他没有神魂颠倒，也曾十分密切地留意过她。她和米切尔，两人之间没有打招呼，也没有说过一句话，甚至没有互相点头。领位员一直伸长耳朵，注意他们之间的动静，所以他很确定这一点。以他担任领位员多年的经验，他可以确定，这两个人完全不认识。

“在我看来，这件事很清楚。如果他们认识，那么米切尔就不会先行入座，而是会在楼下的大厅等她，就连最粗鲁的人都懂得应该那么做的。

“领位员也注意到，直到中场休息时他们俩才开始交谈，而且这种对话一听就是刚认识的两人在生涩寒暄。”

“换句话说，只是搭讪罢了。”

“如果他们互不认识，那她如何把票拿给他？票是她买的，而拿着其中一张票来看戏的是他。”

"匿名信。我在他口袋中找到了信封。那张票是深红色的，信封内层有明显的淡粉红色印渍；曾有人用汗湿的手拿过这封信，可能是邮差或是楼下柜台的管理员，也可能是米切尔本人拿信时弄湿了信封而染上的。信封在这儿。

"之后，她只被人瞧见过一次，然后就完全消失了。除此之外，我再也打听不到任何关于她的消息。谋杀案发生当晚，没有人见到她进入或离开那家旅馆。然而这一点也不难解释，因为大楼后方有一座备用的防火梯，直接通往外头的小巷，而不需要经过大厅。通往小巷的门是用弹簧锁关着的，从外面打不开，但如果有人从里面为她事先预留缝隙，那么她就能够轻易地进入了。这么做一定也是出于她的提议，显而易见，她就是准备来杀害米切尔的。"

"你刚才提到，戏院的会面之后，还有人见过她一次，是谁?"

"一个餐馆女招待，正在和米切尔交往，名叫梅贝尔·霍奇斯。根据尸检得出的死亡时间判断，她在被害人死后不久去过他的住处。她敲门后，出来的正是那个女人，而在这之前，那个女人一直都待在房间里面。"

"那个女人对她说了些什么?"

"她承认是自己杀了他，并劝那女孩回到楼下去，在卷入这场谋杀官司之前趁早脱身。"

万格半信半疑地轻抚下巴："你认为梅贝尔的证词可信吗?"

"可信。因为梅贝尔口中的那个女人，无论长相或穿着，都完全吻合剧院售票员提供的证词，她不可能凭空编造出这么个故事。而这一点也吻合我先前所提到的，她绝对不是杀人狂，因为当时当地，她有绝佳机会将那个姓霍奇斯的女孩杀掉，只需把对方诱到房间里就行——尸体已经事先用屏风围住了，她有大把时间来干这事情，然而，她却为那个女孩设身处地，警告她赶快离开这里。

“就某方面而言，我们所搜集到的信息已经够多了。但是最关键的部分，也就是使这桩谋杀案件能够成立的那部分，却毫无头绪，完全没有杀人动机。”

“缺乏合理的动机。他们彼此并不认识，而她也像根火柴似的，一个闪光，随后彻底消失不见，”万格困惑地总结道，“上面派我到这儿来调查，就是要看看能否查出什么头绪。我只能确定一件事：这案子跟布利斯案大有关联，因为这两个案子的犯案手法如出一辙。”

◆ 海伦娜旅馆，四楼，清洁女工

“我之前从没见过她，因此我知道她并不住在这个旅馆里。我想她那天大概是来找朋友的，刚好经过走道外面。那大概是，嗯，事发之前的两个星期左右，或是两个多星期。当时我正在打扫米切尔先生的房间，她停在门口往里头看。我说：‘有事吗，小姐，你找米切尔先生呀?’她说：‘不是，但我一向认为从一个人的房间，就能看出此人的性格和嗜好。’她说话的方式非常有礼貌，又有教养，听她讲话可真是舒服。她见到房间内满墙挂着女孩的相片，就说：‘他喜欢有神秘感的女人，从这些照片中就可以看得出来。照片中女孩们的模样，都不是她们在日常生活中真实的面貌。

为了满足他的幻想，她们全都试着变成别人，摆出不同的撩人风情。有的口含玫瑰，有的则是从蕾丝绢扇后面凝视着。如果这些女人给他一张呈现出真正自我的照片，他八成不会挂到墙上去。’

“就是这样。然后，一眨眼的工夫，她就走掉了，从此以后，我就再也没见过她。”

◆ 寰球酒铺的售货员

“没错，我记得卖出过这种酒。像中东亚力这种特殊的酒，通常一年不见得能卖出一瓶。不是，并不是她自己指名要买这种酒的。我刚好瞧见架子上摆着这瓶酒，心想，既然她想买又特殊又够劲的酒，正好乘机把它推销出去。她说这瓶是要买来送给朋友当礼物的，越富有异国情调，越能取悦她的朋友。我又给她看了阿夸维特酒①，但她还是决定要买中东亚力酒。她承认自己从未尝过这种酒。有件事很奇怪，她走出门时冲我诡异一笑，说：‘我发现近来我做了许多以前从没做过的事。’

“没有，她一点都不紧张。事实上，她特意等候在一旁，请我先为一位急着想买黑麦威士忌的顾客服务，她等在那儿斟酌着，说她还得花些时间想想。”

一周之后，万格的上司对他说：“你认为这两个案件大有联

① Aquavit 是一种北欧和德国北部地区特产的开胃烈酒，由马铃薯或谷物蒸馏而成。一般酒精含量在 40 至 45 度之间。

系，对吧?”

“是的。”

“何以见得?”

“只凭一点：这两个案子都涉及同一个不知名的女人。”

“不对，不对。这就是你判断失误的地方，不可能是这样，”他的上司反驳道，并挥动双手加强语气，“我承认上星期跟你谈的时候，我自己也模糊地朝这个方向推测。但这看法是站不住脚的，这个观点根本无法成立。我仔细看了克利里送来的调查资料才完全醒悟过来。现在你去把布利斯案的卷宗拿过来……把这两组档案对照着看一下。

布利斯案	**米切尔案**
金发	红发
五英尺五英寸高	五英尺七英寸高
肤色白皙	肤色蜡黄
蓝眼睛	灰蓝色眼睛
约二十六岁	约三十二岁
由言语中看出此人教养良好	说话带有少许的外国口音

这两份案卷中描述的女人根本不是同一个人，连相似的作案方式都没有！其中一件，是把年轻的经纪人推下阳台；另一件，则是在某个三流旅馆的房间中，在酒中放氰化物，杀害某个寒碜穷酸的男人。就我们所知，这两个男人非但不认识这个让他们命

丧黄泉的女人，连他们彼此也互不相识。不可能，万格，我认为这两个案件毫无关联。”

“关联是凶手是同一个女人，”万格没有被说服，仍坚持自己的观点，“尽管眼前这两组资料所描述的特征截然不同，但我可以跟你打包票：这些只不过是凶手故意伪装不同、混淆视听的伎俩。我认为这些表面上的差异并不能说明什么，只要稍作分析，就能轻易看出它们的共通点。

“金发和红发的区别：任何一个歌舞女郎都可以告诉你，改变发色是多么容易的事。

“五英尺五英寸或五英尺七英寸：如果一次穿特别高的高跟鞋，而另一次改穿平底鞋，就能制造这种区别，仍然可能是同一名女子。

“肤色白皙或是蜡黄：只要扑点粉就能造成肤色的不同。

“眼睛颜色相异：很可能是眼影所形成的错觉。

“至于年龄上看起来的差距更是不可靠，这几乎是只凭外表的主观判断，只是着装和举止动作给人留下的不同观感。

“还有什么？口音？连我都能装出说话带有口音的样子，如果我真想这么做。

“最重要的一点是：没有人两次看见过这个女人。两案的目击证人截然不同，没有一个证人同在两个案子中看见过这两个女人，因此他们没有机会作比较。你说在外貌上，两名凶犯特征各异，其实每一项都极为相似，只不过动用了一些小手段显得有所差异，你被误导了。要注意，“两名”无名女子都具备某种机敏而又不可思议的能力，可以在事发之后立即潜逃无踪。这简直是天才犯案的手法，她们都在事先盯上被害人，显然是想深入了解被害人的背景和生活习惯。其中一位在布利斯外出时，现身在他的公寓大楼；另一个则是趁米切尔外出时，闯入他的房间盘查一番。如果这些还不算相似的作案手法，那什么才算呢？我告诉你，这两个案子肯定是同一个女人干的。”

“那么她的作案动机又是什么？”他的上司争辩道，“这不是劫财，米切尔已经拖欠了一个半月的房租未付，而她却买下整个特别包厢座，每个座位花销三块三，然后任由其中两个座位空着，这么铺张，只为了确保能够在最佳形势下与他碰面。复仇应该是最合理的解释，但是，他们却又互不相识。我们不但找不到真正的行凶动机，甚至不能用一般所谓的‘缺乏动机’去解释。她不是疯狂杀手，她有绝佳机会杀害那个姓霍奇斯的女孩——那女孩几乎是杀人狂们最中意的类型：没大脑，又没有反抗能力，傻瓜一个。但凶手却放她一马，还警告她快点离开，以保护自己。”

“她的作案动机一定和过去曾发生的事有关，要追溯到许久许久之前。”万格固执地坚称。

“你彻底盘查过布利斯的底细，几乎没放过他任何一天的行踪，但还是没找出半点线索呀。”

“我一定遗漏了什么，这是我的问题，不是案子本身的问题。线索就藏在某个地方，但我还没有看见。”

“还有另一个问题。你有没有发现——就算这两位被害人仍然活着，他们也想不起来这个女人是谁，为什么要下毒手，因为这两个男人根本不认识她，似乎也从来没见过她。”

“这可真让人兴奋啊，”万格闷闷不乐地说道，“我不敢保证自己一定能破案，哪怕它已经交到了我手上。我能保证的是，我会一直努力追查下去。”

◆ **万格对米切尔案所做的记录（五个月后）**

物证：

一枚信封，信封上的地址和收件人姓名都是利用打字机商店陈列的样品打出来的。该商店员工并不知情。

一瓶中东亚力酒，购于寰球酒铺。

一张戏票票根，特别包厢 A-1 座，埃尔金戏院。

未结案。

第三章　莫兰

手鼓响咚咚，

林中夜低垂。

大钟声嘀嗒，

墙角立巍巍。

——科尔·波特

1. 女人

大人们老爱问些蠢问题，这是他的经验。问的都是些显而易见、理所当然的问题。他们总要知道答案，尤其在你正想做些其他事的时候。他想做那些真正值得去做的事情，比如沿着人行道一边走一边拍超大的彩色皮球，可是眼前的这个女士却把他拦住了，她弯下腰，一副和蔼可亲的模样，但是着实扫了他的兴致。

“天哪，你这么小的孩子就能玩这么大的球了。”

好吧，谁都知道这球很大，她干吗还多此一举说这个？她干吗不老老实实地待在家里？

“你几岁啦？”

她干吗一定要知道他的年龄？“五岁半，快六岁了。”

“我觉得也是，你是谁家的孩子呀？”

她干吗一定要知道他是谁家的小孩？她应该看得出来，他可不是她家的小孩。“我是我妈妈和我爸爸的孩子。”他不以为然地嘀咕着。谁会是别人家的孩子呢？

“那你爸爸叫什么名字呢，甜心？”难道她真的什么都不知道？

她指的大概是他爸爸那个模糊的、正式的、并不常用的名字，而不是自己平日最常叫的“爸爸”。“莫兰先生。”他鹦鹉学舌似的说道。他平时老听别人这么叫他爸爸。

随后，她说了句跟“门”有关的话：“真可爱啊。”① 又继续问，“你有没有兄弟姐妹？”

“没有。”

“哎呀，真可惜！你想念他们吗？”

都说了没有兄弟姐妹，有什么好想念的？但是他能从这句话中模糊地感受到，没有兄弟姐妹仿佛是种遗憾，所以他立即为自己找了个替代品弥补遗憾：“可是我有外婆呀。”

“那可真不错。她是不是也跟你们一起住？”

谁会跟自己外婆住一起呢，难道她不明白这一点吗？“她住在加里森。”话音未落，他心中又浮现了另一个人影，于是又继续说道，“我的埃达阿姨也住在那儿。”她到底还让不让人玩球啊？烦死了！

“哦，那可是好远的地方呢！”她惊叹着，“你去过她家吗？”

“当然去过，那时候我还小呢。但是比克斯比医生说我太闹了，所以爸爸妈妈又把我带回家。”

“比克斯比医生是你外婆的医生吗，亲爱的？”

“当然了，他来过好多次。”

“那么，亲爱的，你上学了吗？”

---

① 译注：原文为 How adorable，adorable 这个词前半部分的发音和“a door”（门）近似，故被小孩误以为跟“门”有关。

这问题多侮辱人啊！她以为他有多小呀？——两岁？“当然，我每天都上幼儿园。”他说这句话的时候自我感觉非常良好。

“那你在幼儿园里都做些什么呢，亲爱的？”

“我们画鸭鸭、兔兔，还有牛牛。贝克老师说我的牛牛画得好，奖了我一颗金色的星星哟。”她到底有完没完？什么时候才放他去玩啊？他觉得这无聊的对话好像已经进行了好几个小时，这么长的时间都够他拍着球一路玩到转角处再转回来了。

他想悄悄地从她身边绕过去，而她也似乎看出他的心思：“好了，亲爱的，快去玩球吧，我不烦你了。”她在他那圆圆的后脑勺上拍了两下，然后沿着人行道离开，边走边转过头冲他迷人地一笑。

这时，他妈妈的声音从一楼窗口突然传了过来，她肯定在楼上看到了刚才发生的事情。很多时候，你能坐在窗口向外望，而外面却无法看清楚屋子里的样子，他很早以前就发现这一点了。“那位女士对你说了些什么，库奇？”她慈祥地问道。大人总会对自家小孩的各种不凡表现有一种出于直觉的骄傲——她的小宝贝真引人瞩目，甚至连路过的陌生人都被他吸引。

“她想知道我几岁。”他心不在焉地回答着。这会儿他已经把注意力转向更重要的事情上：“妈妈，快瞧呀，看我把球丢得多高呀！”

“是呀，亲爱的，但别丢得太高哦，小心球滚到水沟里。”

不一会儿，他就把这件事忘光了。再过一会儿，连他妈妈也把整件事抛诸脑后。

2. 莫兰

莫兰的太太打电话到办公室的时候，莫兰正在外面吃中饭。她留了言，要他回个电话给她。

他并不感到意外，因为这种事早已司空见惯，平均三天就来一次。一般情况就是：她需要城里的某些东西，叫他在下班途中顺便替她买了捎回去。所以他一听到太太打电话来，心里首先想到这类事情。但转念一想，又觉得没这么简单，因为每当他太太找不到他本人时，通常会直接交代接线生。当然，也许这次有需要仔细交代的事情，或是不方便请外人传话也说不一定。

于是，他趁午饭后肠胃消化、思路混沌的这段时间打电话回家。

"您太太的电话接通了，莫兰先生。"

"弗兰克——"玛格丽特的声音听来相当激动，在她继续说下去之前，他马上就知道这通电话非同小可，这次跟捎东西没什么关系。

"喂，亲爱的，发生了什么事吗？"

“喔，弗——兰克呀，你总算吃完中饭回来了！我都快担心死了，不知道该怎么办才好。半小时前，我刚收到一份来自埃达的电报——”

埃达是她那位老姑娘姐姐，住在北部乡下。

“一封电报？”他说，“干吗要打电报？”

“你听了就知道。我把电报的内容读给你听听。”她费了些时间从围裙口袋里翻出电报，用一只手打开，“电报上说：母病重，本不愿惊扰你们，但请火速返家。比克斯比医生亦同意。勿耽搁。埃达上。”

“我想大概又是心脏病发作了。”他冷冷地回答。她干吗要在上班时间拿这种事来烦他呢？

与其说她在哭泣，不如说她正强自压抑地呜咽，强忍着眼泪说道：“弗兰克，我该怎么办？你觉得我应该打个长途电话给她们吗？”

“如果她希望你去一趟，那你最好回去吧。”他简短地回答道。

她想听到的就是这句话，跟她的心意不谋而合。“我想我最好快点回去，”她哽咽地附和着，“你也知道埃达这个人，她一向不会小题大做。她总是大事化小，不随便惊动别人。上回妈心脏病发作时，她一直等问题都解决了才让我知道，就是怕我担心。”

“你也别慌了手脚。你妈以前也曾经发作过好几次，后来还不都化险为夷了。”他试着安慰她。

但她却担心起别的事情了：“那你和库奇怎么办呢？”

听到老婆把他跟自己那个五岁的儿子相提并论，他不禁火冒三丈。“我能照顾他，”他尖刻地说，“我又不是残废。要不要我替你查一下长途汽车的班次？”

“我已经问过了，五点钟有一班车，如果我搭更晚一班车的话，那就得在车上过夜了。你也知道坐夜车有多累人。”

“也是，那你最好搭早一点的那班。”他同意。

她说话的速度急促起来，还有些慌乱。

“我的行李全都理好了，只带了些简单替换的衣服。那么，弗兰克，你会去车站跟我碰个面吗？”

“好吧，好吧。”他开始对这些没完没了的废话有些不耐烦，女人就是不懂如何在电话里简单扼要地把事情讲清楚。他的秘书正站在门口，等着要请示他一些问题。

“弗兰克，你一定要准时到车站。记住，你还得把库奇带回家去。我会带他一块去，之前我会先顺路到幼儿园去接他。”

他于五点准时到达车站，但当他走到长途汽车终点站时，玛格丽特已经等在那儿了，她身旁那个小不点儿正是库奇。儿子一看见他就蹦蹦跳跳叫个不停，一副有重要消息要宣布的模样：“爸爸，妈妈要出远门了！妈妈要出远门了！”

他们两个人都没怎么注意他。难得这次他的父母没让他们的儿子来主导他们的谈话。“你怎么了？哭过了？”莫兰责备道，“你一定哭过，看你的眼睛就知道。根本没必要嘛。”

她开始滔滔不绝地告诉他怎么带小孩：“弗兰克，他的晚餐我全都准备好了，就放在厨房餐桌上，你只要热一下就行。还有，弗兰克，别太晚喂他吃饭，那对小孩不好。哦，对了，还有一件事，今晚最好不要给他洗澡，你不怎么擅长帮小孩洗澡，我担心他在澡盆里出什么差错。”

“两个晚上不洗澡没啥大不了。”莫兰不以为然地嘀咕着。

“还有，弗兰克，你知不知道怎么帮他脱衣服?”

“当然知道，解开纽扣不就行了，你又来了！这跟解开我自己的纽扣有啥不同？只不过他个子小点而已啊。”

但他妻子仍连珠炮似的喋喋不休。“还有呀，弗兰克，如果你晚上想出门的话，别把他单独留在家里。或许可以让邻居到我们家来照看一下——”

候车室下方的扩音器中传来低沉的广播：

“前往霍布斯、艾伦维尔、格林代尔——”

“要发车了，快上车吧。”

他们沿着斜坡慢慢走到离站发车处，没完没了的絮叨终于到了尾声，只剩下稀稀落落的叮咛，这次是关于他个人生活起居方面的琐事。

“弗兰克，你知道我把你的干净衬衫和其他东西放在哪儿了吧——”

“上——车。”长途汽车的发号员高声喊叫着。

她突然紧紧地用双臂勾住他的脖子，仿佛她的母性还没有百分百流露似的。“再见了，弗兰克，我会尽快赶回来。”

“到了之后打个电话给我，让我知道你已经平安到达了。”

“我真希望妈妈没事。”

“她当然不会有事，不到周末，她就能下床到处走动了——”

她蹲在库奇身边，把他的小帽子、外套领口和裤脚管都整理了一下，在他的双颊和前额上亲了亲。“库奇，你要听爸爸的话，做个好孩子哦。”

站在长途汽车车门内的台阶上，她叮咛的最后一件事是：“弗兰克，最近他开始染上一点不好的习惯，老爱编些无中生有的小故事。我一直努力想办法让他改掉这个坏毛病，你可别鼓励他哦——”

她最后不得不转身往车内走，因为她挡住了通道，而其他乘客正挤着要上车。司机先生转过头不悦地瞪着她穿过走道、坐上位子，低声抱怨道：“看在上帝的份上，才几个小时的行程而已，又不是开去墨西哥边境。”

莫兰带着孩子走去车窗对面的站台。要不是因为她没办法打开车窗，她大概还会再啰唆好一会儿。此时，她只能安分地隔着车窗对父子送上飞吻，并且不断地比手画脚。大部分的手势莫兰都猜不出来，不过他还是温和地点头，假装完全了解，好让她放心。

长途汽车启动了，轮胎摩擦地面，发出吱吱的响声。莫兰俯身看着身边这个活像自己翻版的小孩，拉起他细瘦的小手臂。

“跟妈妈挥手说再见呀！”他教着儿子，自己也笨拙地前后挥动着手臂，像是上了发条的玩具。

一想到老婆总是有办法对付小家伙制造的各种混乱，他不由地心生敬意，一再想起玛格丽特，那简直是一种敬畏。她日复一日地带着孩子，应对这些麻烦事。正当他心里正这么想着的时候，门铃响起了。

他大声抱怨着："我都已经手忙脚乱了，现在又来了个客人凑热闹，好让别人看笑话!"

他已经脱掉了外套，解开了领带，袖子也卷了上来，腰间系着一条玛格丽特的围裙。忙乱之余，他努力帮库奇热好晚餐，他所做的一切就像玛格丽特交代的那样：划根火柴点火，然后把饭菜放在炉灶上。他也想方设法，终于把库奇和晚餐一起弄上了餐桌。这可是他跟这小子周旋了半天后的成果。但他的成就也就只是这些了。到底该如何制止小孩用汤匙猛敲桌面、把软泥蛋糕扔得满地都是呢？好像只要玛格丽特在场，库奇就会乖乖吃饭。但跟他在一块儿，这小子非但不吃，还玩得非常起劲，将饭菜揶得满墙都是。

莫兰在儿子身后跑来跑去，希望能将他在餐桌上打高尔夫球所造成的损害减到最低。规劝他不但毫无作用，情况反而更糟；库奇这个小顽童实在是精怪得很，把他老爸耍得团团转。

门铃再次响起。莫兰被弄得手忙脚乱，早就忘了刚才门铃这回事了。他用手指头拢拢乱发，目光从库奇身上游移到门口，然后又转回儿子身上，好像终于弄明白了一件事情：眼下的情况已经糟到不可能再糟了。他下定决心丢下儿子去开门，同时也把那坨沾在自己脑门上的菠菜泥擦掉。

门外站着一位陌生的女人。确切地说，是位女士。她体贴地假装对他的狼狈相视而不见，感到一切都很正常。

她很年轻，也很漂亮，却穿着朴素的蓝色毛哔叽外套和裙子，倒像是在掩盖自己的美貌似的。她用别针或是别的什么东西固定住自己金红色的头发，梳得整整齐齐。她素面朝天，不施脂粉，两颊上还有小小的玫瑰色雀斑，浑身洋溢着一股男孩般友善而又天真的气息。

“请问这是库奇·莫兰的家吗?”她脸上带着善意的微笑问道。

“是呀，但是我太太现在不在家……”莫兰一脸无助地回答着，不知道她要干什么。

“我知道，莫兰先生，”她带着某种理解和同情说道，嘴角不由自主地抽动了一下，随即恢复原状，“她到幼儿园来接库奇时总会提上您一两句。这也是我到这儿来的原因。我是库奇的幼儿园老师，贝克老师。”

“哦，没错!”他很快地想起这个名字，“我常听我太太说起你。”

他们俩握手寒暄，她握手的方式一如她的外表，带着某种坚定与诚挚。

“事实上，莫兰太太并未要求我过来。但是从她说话的神情中我看得出来，她很担心你们俩在家里的状况，所以我就自告奋勇地跑过来了，我知道她必须匆忙上路，因此如果有任何地方我能够帮得上忙的——”

他流露出如释重负与感激之情。

“啊，你真是太好了!”他热诚地说，“你可真是救了我一命呀，贝克老师！请进来。”

他后知后觉地想起身上那件印着毋忘我的围裙，于是急忙解下围裙，塞在手中藏到背后。

“你们都怎样哄小孩吃饭呀?”他关上门，跟在她身后穿过走道，偷偷地问道，“我不太敢强硬地把食物塞进他的嘴巴里，怕他会噎到……”

“这种情况我很清楚，莫兰先生，我都明白。”她安慰道。当她走到饭厅门口了然地打量四下、朝屋内望去时，咯咯地笑了起来：“我想我来得正是时候。”

他心中暗忖，跟厨房的惨状比起来，饭厅的状况已经很不错了。厨房里根本就像是经历过台风肆虐，杯盘狼藉，惨不忍睹。

“我们这位小朋友还好吧？”她问道。

“库奇，快看看谁来了？”莫兰对这意外的援助喜出望外，这简直是天降甘霖，“是贝克老师，你的幼儿园老师呀。还不快点跟老师打招呼？”

库奇瞪着一双天真无邪的眼睛，目不转睛地仔细打量了她好一会儿。“她才不是呢！”他最后冷冷地说。

“怎么啦，库奇！”贝克老师轻声责备着，她在儿童椅边蹲下来，让自己跟他一般高，将手指伸向他的下巴，并轻轻移过来，“转过头来仔细看看我。”她先抬起头来向莫兰笑笑，表示自己并不在意，然后才又说：“难道你不认得贝克老师了吗？”

莫兰为孩子的行为感到尴尬万分，好像自己的儿子是个智障似的。“库奇，你是怎么搞的，怎么连幼儿园老师都记不得了？”

“才不是呢。”库奇说，目光紧盯着她。

贝克老师望着这位父亲，一副苦恼不已的神情。“你觉得这是怎么回事？”她耐心地问道，“他跟我在一起时，从来都没有这样子过。”

“我不知道，除非，除非——”他太太的话此刻在脑中响起，

“玛格丽特离开前才刚提醒过我，她说这孩子开始学会编些小谎；或许现在他又犯毛病了。”为儿子着想，他带着一丝威严的口吻说道：“好了，小伙子，到此为止吧。”

她悄悄地向他使个迷人的眼色，暗示不太赞同他的做法。

“让我来处理吧，”她吸了口气，“这种事情我已经见怪不怪了。”看得出她是个对小孩极有耐心、在任何情况下都不会发脾气的人。她把脸凑近小男孩，哄着他说道：“怎么了，库奇，你不认识我啦？我可认识你。”

库奇没有说话。

“等一下，我带了样东西。”说话间，她打开那个大手提袋，拿出一张折叠起来的纸。摊开之后原来是一张图，上面有些印上去的填色框，框里面用蜡笔涂满各种颜色，看得出来是用手涂上去的。虽然蜡笔涂出来的色块和线框并不完全吻合，但还算不错。

库奇瞧了瞧这张填色图，脸上却丝毫没有得意。

“你忘了这是你早上涂的颜色吗？而且我还说你画得棒极了。难道你忘了自己得到了一颗金色星星吗？”

虽然他儿子对这句话还是没什么反应，但至少听在莫兰耳中倒是有几分熟悉。有好几次，他回家刚一进门时，就听见这小子又蹦又跳地叫着：“我今天得到一颗金色星星！”

“你是真的是贝克老师吗？”库奇老大不情愿地说道。

“哦哟！”她拨弄着他的耳垂，说道，“我当然是啦，老天保佑！你还是认识我的啊！”

“那你为什么看起来不像？”

她向莫兰莞尔一笑。

“我想他指的是眼镜，可能他已经习惯我上课时戴眼镜的模样了，今晚出门时我忘了戴。这也牵涉到一点儿有趣的儿童心理学，他一向都是在幼儿园里见到我，而不是在自己家里。我并不属于这个环境，所以呢——”她双手一摊，“对他而言，我已经不是同一个人了。”

莫兰非常欣赏她对待儿童的这种科学态度以及那套详尽的理论，这跟玛格丽特平日对待小孩的那种非理性和感情用事真是有着天壤之别。

她站起身来，显然认为应付顽抗的小孩不该采用强硬的手段，而应该采取渐进的方法，才能慢慢赢得他的信任。他听玛格丽特说过，在幼儿园里，都是用这种方式对待小孩的。

“五分钟之内，他就会把不认识我这回事忘得一干二净，你等着看好了。”她小声地向他保证着。

“你很清楚该如何应付小孩子，是不是？”他佩服地说道。

“每个小孩都有自己独特的本质。小孩并不是‘不成熟的大人’，你知道吗？我们早该丢弃这种陈旧的错误观念。”她脱掉帽子和外衣，走向一片狼藉的厨房，“现在，让我瞧瞧能帮上什么忙。你自己吃过了吗，莫兰先生？”

“哦，不用担心我，”他敷衍似的客套着，“待会儿我可以出去吃——”

“瞎说，根本没必要，我来做晚餐，很快的。你就只管去看报纸吧。报纸还原封不动地放在那里，看来你忙得连读报的时间都没有，是吧？好了，你什么事都别管了，就当作你太太正在家里料理家务。”

莫兰满怀感激地叹了口气，她真是个善良、能干又体贴的年轻女子啊，可惜他一直无缘结识这种人。他踱步到客厅，捋下衬衫袖子，安稳地坐进沙发，读他的体育新闻。

——

这趟旅程似乎比去年夏天她和弗兰克结伴同行时更长，虽然两地之间的距离并未改变。大概由于这次她是单独上路，而且前方又吉凶未卜，所以才觉得路途格外遥远。

弗兰克替她买了张靠窗的座位，她身边的位子没人坐，也就省去了跟邻座嘘寒问暖扮聊天的麻烦。要是身旁坐的是个有教养的人还好，如果坐的是个冷漠甚至带有敌意的人，那么寒暄完之后的那份尴尬才真是叫人难受呢。

一路都是乡村风景，在车窗外一路后退，仿佛在翻过的土地上扬起阵阵涟漪。长途汽车像是在大地上耕地，却能把沿路的树木、房屋和篱笆等都原封不动地带走。景物只映入了她的眼帘，无法进入她的心中。每隔十二分钟，她就会准时想起还有些事忘了交代弗兰克，不是库奇的事就是家务事，要不就是牛奶工或洗衣店的事。然后她又体会到，就算她跟他都交代清楚，他现在也可能全忘光了。虽然他站在车窗外不断温驯地点头称是，但她心里很清楚，站在那里点点头装腔作势，对她的丈夫来说实在太简单了。

在一阵阵不安的思绪中，她也很替妈妈担心，这是人之常情。她也发现自己是在作茧自缚，简直有点杞人忧天，就像一有风吹草动就忙着写遗嘱。正如弗兰克说的那样，不会有什么事的，事情一定会很顺利。倘若果真老天不遂人愿，有个什么三长两短，就算她火速往家赶，也是徒劳。

于是，她想让旅途不那么难熬，就把心思移到别的事情上，不再牵挂家里。但这可不容易。她没有心思去观赏窗外的景色：单调的风景对她没什么意义。而且，她也根本没兴趣去研究所谓的抽象人性，那么，她在这种长途汽车上还能做些什么呢？她心想，要是当初在车站上买本书或杂志之类的带在身边，不知道会不会好点？不过，大概也没什么用，那本书只会摊开在某一页，然后放在她的膝盖上，一路上都不会翻。她也不太喜欢阅读。当她几乎焦躁不安到了神经质的程度时，她开始计算起上个星期家中的各项开支。最后，那些数目在她脑海中混成一团，终于变成毫无意义的数字。她心中的担心也慢慢纠结成一团死结。

外头天色已暗，她所能看见的，也仅限于这个圆筒状的、狭窄的长途汽车车厢。车上的其他乘客也都乏善可陈，只瞧见一颗颗后脑勺。

她叹了口气，真希望自己是个印第安人，或是任何能让灵魂出窍、直达目的地的人。总之，只要具备类似能力就行了，她对这类特异功能向来搞不太清楚。

八点左右，长途汽车在格林代尔短暂停靠十分钟，她到站台上喝了杯咖啡，满脑子都是库奇在家中的情景，此时最糟的状况应该已经过去了。如果弗兰克没有好好喂他吃饭，他顶多会有点肚子痛，没什么可担心的。

似乎也没什么必要往加里森的家里打电话，反正还有三分之一的路程就到了。而且她一直觉得，要是电话那头传来的消息比电报上说的更糟糕，那么剩下的这段路将会非常折磨人。最好还是抵达之后再去面对吧。

车子在十点半准时到达。她奋力推开其他乘客，第一个走下了车。

虽然没人等在站台上接她，但是她丝毫不觉得失望。她知道埃达在家里一定正忙得人仰马翻，她知道在这节骨眼上，不会有人来接她。

走出车站，加里森乏善可陈的夜生活一览无遗。车站一侧的戏院门口灯火通明，另一侧是药店。

她走过一群正聊得热火朝天的年轻女孩身边，她们大约二十多岁，一群人聚在药店边的人行道上。她走过她们身旁时，有个女孩转头望她，她听见那个女孩说道："那不是玛格丽特·皮博迪吗？如今……"

她低头匆匆沿着人行道走过，身影很快没入暗夜之中，幸好她们没有再追上来探问究竟。她不想停下来跟陌生人聊天，她们很可能已经听到了什么消息，而她不愿从这群人的口中得知任何东西，无论吉凶。她宁可直接赶回家，亲耳从家人口中听到。但刚才那句"如今……"让她心神不宁，感到不寒而栗。这句话到底是什么意思？难道说……

她行色匆匆地走在幽暗如隧道般的伯格因街，在树荫底下走得上气不接下气。左转，再走过两户人家（这距离相当于大城市中两条街的长度），转进那条熟悉得不能再熟悉的石板路。这条路的两侧并不是很平整，踩在上面高高低低的，有些崎岖不平。小时候，笨手笨脚的她在这条路上摔了不知道多少次。

老家的轮廓在转角处映入眼帘，她急急吸了几口气，缓和自己的呼吸。哦，天哪，一定是发生了什么事——家里的灯太亮了，简直灯火通明！她强抑着内心的惊慌："嗯，如果妈妈真的心脏病发作而卧床，那埃达比平常多开几盏灯也很正常，不是吗？开亮了灯，才方便照顾她呀。"

但当她踏上门廊那漆成白色的平台时，恐惧又涌上心头。百叶窗后的纱帘上，许多人影不断地晃动着，你可以听到屋内各种人的声音嗡嗡作响，听起来就像出了什么事时邻居们纷至沓来的那种乱哄哄的声音。家里一定出事了，一种躁动的气氛正在蔓延。

她颤颤巍巍地伸出冰冷僵硬的手指，按了一下门铃，屋内的骚动立即更加剧烈。有个声音高呼："我去开！"另一个声音则尖叫着："不，让我来！"她在外面都能清楚地听到这些鼎沸的人声。这些声音当中有没有埃达那高八度的嗓音？会不会因为太过悲伤而令人辨识不出？在她听来答案似乎是肯定的。埃达准是歇斯底里了，他们大家都是。

她那颗七上八下的心还来不及定下来，就听到里面传来狂乱的脚步声，像是有人试着阻挡另一个人先来开门。门猛地打开，屋里金黄色的灯光全都流泻在她身上。灯光中有两个无法辨识的剪影，他们的头在光线中显得非常诡异。

"是我先到的！"个子较小的那个欣喜若狂地叫着，"你还没生下来我就把门打开了——"音乐和欢闹声充斥着整幢房子，倾泻在宁静的乡村夜晚。

她心上的重担还没放下，随身的行李袋却先应声落地，在地板上发出“砰”的一声。

“妈妈。”她无声地喘着气。

旁边的埃达也带了顶生日帽：“玛格丽特，亲爱的！你怎么会记得今天是我生日？哦！这真是天大的惊喜哦！我最想念的就是你——”

他们三个人说的话完全没有办法对上。

“哦，原来是这样。不过，埃达……”玛格丽特·莫兰气不打一处来，声音发颤，上气不接下气，她还没有完全从这场意外的惊吓中恢复过来：“你怎么可以这么做！你知道我一路上有多担心吗？你真不该拿妈妈的健康来开玩笑，弗兰克要是知道是这么回事，一定会很不高兴……”

门口的两个人，瞠目结舌，不知所以然，她们转身跟在玛格丽特身后。这时候她已经跨进灯火通明的走廊，方才还精力充沛的老太太像只鸟似的，歪着头，迷惑地问埃达：“她这话是什么意思?”

“她到底在说些什么呀?”埃达也同时问道。

“下午一点的时候，我接到你的电报，说妈妈的心脏病又发作了，要我尽快赶回来，甚至还提到比克斯比医生……”玛格丽特·莫兰一脸委屈，说话间不禁开始抽泣。承受了长时间的压力之后，这种反应很自然。

“比克斯比医生就在里面，我刚才还在跟他跳步态舞，是不是，埃达?”她的妈妈说。

姐姐那因宴会而兴奋红润的脸已经转白，她向后退了一步。“我绝没有拍什么电报给你!”她喘着粗气说。

莫兰偷偷把拇指插在皮袋里，好让自己的肚子多一些空间。“你做饭的手艺可不比玛格丽特差，”他诚心诚意地说，“对于你的帮助，再多的话也没有办法表达我心中的感激。”接着他又说：“我一定要告诉她你今天来我们家帮了我大忙。我想，她一定会把你当成终生挚友。她回家以后，你一定要再来我家吃顿饭。当然，不用你来做。”

她满意地看着空碗盘，露出掌厨者的满意微笑。对莫兰的夸奖，她深感荣幸。“谢谢，”她说，“谢谢你的邀请。我平常很少下厨，在学校工作之后，我在妇女俱乐部租了个房间，可那里没什么厨具设备。当然啦，以前在家里，我们都是轮流做饭的。”

她慢慢起身，开始收拾碗盘。“现在你只管坐着休息就可以了，莫兰先生，要不到隔壁房间或其他地方休息？我马上收拾干净。”

“把碗盘留在那儿就可以了。”他对她说道，“玛格丽特雇的清洁女工明天会来，她会清理干净的。”

“没事，又不麻烦，”她不以为然地耸耸肩，“我最看不下去的就是厨房里堆积如山的脏碗盘，不管是在自己家还是别人家。我很快洗好。”

总有一天，她一定会成为某个幸运小伙子的好太太。莫兰看着她忙进忙出，心里这样想着。令人百思不解的是，她居然还是单身一人。附近的年轻小伙子们是怎么回事？难道他们都瞎了吗？

他走进客厅，顺手拉亮双管阅读灯，拿着报纸坐下来，想再好好地细读一番。这简直跟玛格丽特在家时一样舒服，根本没有什么差别。唯一的差别就是她不会对库奇说“不”。经常这么说恐怕对孩子也不太好。她是个老师，她都知道。

在这期间，她不时地拿着个大盘子，一边用布擦，一边走到饭厅门口和他说话。“差不多都弄完了，”她愉快地宣布，“你们两个还好吗?”

“很好，”莫兰斜倚在椅子上，转头看着她，“我正在等我太太的电话，她说一到家就打电话回来。”

“应该快了，是吗?”

他瞄了一眼房间那头的钟：“我想大概在十点半或十一点的时候会打来吧。”

她说：“我去榨些橙汁，好让你们明天早上喝，等我先把最后这几个碗盘放好。我会把果汁倒在玻璃杯里放进冰箱。”

“哎呀，你就不必费心去弄这些了……”

“不费事，库奇应该每天喝橙汁，橙汁对小孩很好。”说完，她又转身回到厨房去。

莫兰对自己摇了摇头。这女人太完美了！

库奇跟他一起在客厅里，各自玩耍。不久，库奇起身走到大门那边，站在那儿往外瞧，找她说话。看起来她整理好碗盘之后，从厨房另一端的门走到了屋子外面。玛格丽特也有这种习惯，每当擦干碗盘，收拾停当时，她就会四下巡查一番。

库奇挺胸站在那儿，像个小哨兵。莫兰听见他说：“你这么做是在干什么?”

“好把它弄干啊，亲爱的。”她口气欢快，爽朗地回答道。

其实，莫兰根本没有刻意去听他们的对话，只不过在他看报的时候，声音传进了他的耳朵而已。

一会儿，她走进屋子，勤快地擦着那把锋利的小水果刀。这显然是她刚才拿来切橙子用的小刀。

库奇的目光随着她利落的动作不断移上移下，就像被心理咨询师催眠了似的。他还时不时地转头去看门口的过道，她刚才在那儿待了一小会儿，随后再收回自己的目光，落在她身上。

“好，全收拾好了，”她开心地对他说，还对他挥了挥擦碗布，“现在我可以跟你玩个五到十分钟，然后就要送你上床睡觉。”

此时，莫兰总算有心尽些许为人父母的责任，抬起头问道：“不需要我帮什么忙吗？”话虽如此，他心里希望答案是否定的。

她的答案正中他下怀。“你就好好看报纸吧，”她带着友善的命令口吻说道，“我跟小家伙玩一下捉迷藏。”

她可真是上天的恩赐呀！怎么说呢，她能让人好好看报纸而不来打扰。在这一点上，他宁愿自己的身边人是她而不是玛格丽特。玛格丽特老觉得他得边看报边跟她聊天。所以，要不就极有耐心，要不就做好把每条新闻都读上两遍的准备，第一遍看个大概，第二次细细阅读。

他对玛格丽特倒是没动过任何不忠的念头。无论看报时是否会被她打断，他都宁可玛格丽特待在他身边。

——

埃达设法让聚会上闹哄哄的宾客安静下来。

“嘘！请大家安静一下。玛格丽特正在走廊里给他城里的丈夫打电话呢。”她还特别谨慎小心地把那两扇客厅的门掩上了。

“从这里打回去？”一个年轻女孩不可置信地喊了起来，“天哪，长途电话很贵的！”

“我知道，但她现在非常生气，我一点都不怪她。到底是谁干了这种缺德事？为了什么呢？换作是谁都受不了这种恶作剧！”

一位中年妇女以当地人特有的那副坚定的自信口吻说道：“咱们社区的人绝不会干这种事。我们都非常敬重德拉·皮博迪和她的女儿们。”然后又画蛇添足道，“我连科拉·霍普金斯都……”

“上面居然还签上了我的名字！”埃达夸张地喊道，“这一定是某个熟悉我们家的人干的。”

“那封电报上也提到了我，玛格丽特是不是这么说的？”比克斯比医生也问，“他们是从哪儿打听到我的？”

房间里的人都带着惊恐的神情面面相觑，仿佛有人说了个恐怖的鬼故事。原本倚在窗台边的女孩望着她身后的暗夜，也站起来悄悄地走向房间中央。“这简直是一封恶毒的匿名电报。”有人用低沉粗哑的声音说道。

埃达忍不住好奇心，又把客厅的门拉开一些。“电话打通了吗？”她当着大家的面问道，“他怎么说？”

门缝中出现玛格丽特·莫兰的身影，她把门又打开了些，站在那儿，举棋不定。“接线生说我们家没人接电话。他可能出去了，但是……瞧瞧现在都几点了？他要是出门的话，库奇怎么办？他不可能这么晚了还带他出去。我上车前，他还特别告诉我绝不会离开家。应该有人在家里照看着库奇才对呀……”

她的目光无助地从埃达游移到母亲身上，然后转向医生，他们三个人正好都紧靠在她身边。“我觉得不对劲。你们觉得我是不是应该立刻赶回去……”

话音未落，反对声就此起彼伏。

“现在?”

“干吗呀，你才刚下车而已，你会累坏的!”

“哎，玛格丽特，干吗不能等到明天再说?”

“倒也不是不能等——都是因为那封电报。我也不知道，那封电报令我感到毛骨悚然，甩都甩不掉。这种事情根本不像是开玩笑，这是——这是心怀恶意的，我觉得很危险。会做出这种事的人，怎么说呢，让人无法揣测。”

“那就再打一次电话吧，”年迈的家庭医生安抚着建议道，“或许现在他已经回家了。如果他还是没回来，而你仍想赶回去的话，我可以开车送你到车站。我的车就停在外面。”

这次他们索性连门都不关，大家都自发地安静下来，跟在她身后，在通道上自然形成一个半圆，围在她和电话的四周，带着同情的沉默屏息倾听着。玛格丽特心中的那份苦楚完全暴露在众人的目光之下。

她的声调有些颤抖：“接线生，请再帮我接一次。还是同样的号码：塞维利亚 7—6262。”

——

他不时听到两人奔跑的脚步声、库奇发出的咯咯笑声以及她时不时说的那句：“我看见你了!”大多数时间里，他们都在外头的走廊那边跑上跑下。

“大概是在玩捉迷藏吧。”他包容地想着。俗话说，世界上有两件事是不变的，就是死亡和纳税。其实还应该再加上第三件——小孩玩游戏。即便如此，她似乎有办法让游戏不那么剧烈，不让小孩子因为玩昏头而过分吵闹，毕竟她是经过专业训练的。他不知道有多少幼儿园老师拥有这份能耐。不过，她真的很厉害。

一时间，房子里突然没声音了，出现了某种诡异的气氛，这样的情形持续了好一阵子。他从报纸堆里抬起头，瞧见她正躲在房门边的小角落中，背对着他站着，探头探脑地看着走廊那边。“准备好了吗?”她亲切地呼唤道。库奇的回答倒是出人意料地微弱。“还没……等一下。”

她似乎跟孩子一样乐在其中。跟小孩玩游戏就应该有这种心态，你不完全投入的话，小孩子很快就会注意到大人们在敷衍。看得出来，库奇已经非常喜欢她了，他显然在用不同于在学校时的眼光来看待这位老师。毕竟在学校里，老师还是得管管纪律什么的。

她转过头，发现他正赞赏地瞧着她。“他躲在楼梯下面那个小储藏室里面，”她眨眨眼告诉他，然后换了一副认真的口吻说道，“他躲在里面安全吗?”

“安全?”莫兰呆呆地重复道，“当然，那里面什么都没有，只有几件旧雨衣。”

“躲好了。”一个微弱的声音叫道。

她转过头，对着库奇说话的方向提醒道：“我要来抓你了。”她消失在门边，就像刚才出现时一样悄无声息。

他听得出来，她故意先在别的地方东探西寻，好让游戏的紧张气氛延长一会儿，随后便传来使劲的敲门声，以及沉闷的欢呼。

突然，她用紧张的语气叫他：“莫兰先生！”他从座位上一跃而起，飞奔而去。那声音听起来有种“赶快来呀”的紧迫感，就在他奔过去这短短几秒钟内，她已经连喊两次了。她正猛拉着固定在门上的铁制的旧把手，脸都吓白了：“这门打不开了！看到了吗？我刚才说的就是这个！”

“别怕，”他安慰道，“没什么大不了的。”他握住铁把手，顺着与门平行的方向，轻轻地往上拉高半英寸左右，门闩松开之后，厚重的橡木门也跟着打开了。那门镶嵌在楼梯下方，只有普通门板的一半高，但稍微宽一些。那扇门并未完全与地板密合，因为底下有个半英尺高的门槛。

库奇兴高采烈地从里面爬出来。

“你弄清楚是怎么回事了吗？你一直将把手往你自己的方向猛拉，可它是被弹簧锁给扣住的，你要先把那个门把手往上拉一下，松开门闩后才能把门拉开。”

“这下弄清楚了，我可真笨，”她不好意思地说，一手抚着心口，一只手为自己的脸扇风，“我不是故意要惊动你，但这可真把我吓坏了！我怕门被卡住打不开，孩子在里面透不过气……”

“哎呀，对不起……真是不好意思……”他满心愧疚地说，好像家里有这种厚重的木门全是他的错似的。

她似乎还想继续讨论这个话题，仿佛潜意识里藏有某种病态的倾向。“要是发生了更糟的情况，我想你还是可以在很短的时间内破门而入吧？”

“是啊，我可以用一些工具把这门弄开。”他表示同意。

她似乎很惊讶。他看见她的眼睛正上上下下打量着他那魁梧的上半身。“那你能不能徒手把门撞倒，或是用肩膀把它顶开？”

他用手指摸着门沿，把门往外拉，好让她看个仔细。“哦，不可能。你瞧，这是坚实的橡木，足足有两英寸厚呢。这栋房子盖得很牢固，而且这扇门的位置选得不够理想，两侧所留的空间都不够，无法产生足够的冲击力去把它撞倒。墙角处也只有几码的空间，加上储藏室的内部顺着楼梯的坡度倾斜，在里面都没办法站直。这储藏室呈三角楔形，看见了吗？不管在门的哪一边，如果手臂伸得太高，就会撞到倾斜的顶端，要不然就会碰到这边凹进去的墙。”

突然，出乎他意料之外，她低头走进那扇低矮的门，隐没在一片漆黑之中。他听见她用手掌拍打厚木板所传出的声响。过了一会儿，她又出来了。“这房子盖得可真结实！”她惊叹着，“不过，即使门开着，里头还是有点闷。要是有人不小心被反锁在里面，你想大概能够支撑多久？”

他一下子猝不及防，他从没想过这种问题。

“喔，我也不知道……”他含糊地说，“一个半小时吧，顶多两个小时。”他上下打量着这扇门。“这扇门的气密性很好。”他说得很勉强。

一想到被困在那里面的光景，她就畏惧地退缩了，马上换了个话题。毕竟，每个人心中难免都会有些病态的想象。她俯身把双手抄在库奇的腋窝下，扶着他一步步往前走，使他看起来就像个玩具小兵似的。“好啦，先生。”她向莫兰询问，“你觉得他现在是不是该上床睡觉了?”

听到这话，库奇上蹿下跳表示抗议。他正玩得起劲，在兴头上要他停下来可没这么容易:“再玩一次，再玩一次!”

“好吧，再玩一次，然后就要上床啰。”她有些纵容地说道。

莫兰又回到客厅的躺椅上。他已经巨细靡遗地读完了报纸，就连他没买但想买的股票价格都已经看了好多遍，甚至连平常不感兴趣的读者来信也通读了一遍。他拿出一根午饭时别人送给他的雪茄，先鉴赏一番，然后才拆封点燃了抽起来。他往上吹出一个淡蓝色的烟圈，觉得通体舒畅。他坐在那儿吞云吐雾了好一阵子，进入一种心满意足的放空状态。

面对这千年难得的奢侈享受，他简直不知道应该如何是好，浅浅地，他开始打起盹来。一开始，他刚睡着就惊醒过来，顺手把手上的雪茄放到一旁的烟灰缸上，不让雪茄掉到地上，怕烫坏玛格丽特的地毯。

库奇蹑手蹑脚从外面轻轻走了进来，大概是想给他一个意外，他双手各拿着一只莫兰的软拖鞋，鞋头鞋底都很软的那种。“贝克老师要你穿上这个，她说会比较舒服。”他低声对他爸爸说。

“嘿，她人可真好呀，”莫兰微笑着，弯下腰来随手把拖鞋换上，“告诉贝克老师，她可要把我宠坏了。”

库奇拿起爸爸脱下的大头厚底皮鞋，然后又蹑手蹑脚走出去，跟刚才进来时一样小心翼翼。虽然他那被服侍的爸爸一直都醒着。

莫兰懒散地躺回椅子，睡意不断袭来，他也放弃抵抗，任由自己沉沉睡去。“像这么一个贤惠的女孩应该……应该放在珠宝店的橱……橱窗……”不久，他便发出轻轻的鼾声。

—

虽然他本意不坏，但是天哪，坐在他身边听他唠叨实在太让人心烦了。“没错，你们三姐妹都是我接生的。你出生的那一夜仿佛就在昨天。瞧瞧现在，你坐在我身边，早已长大成人，成家立业，生儿育女……”

真可怕，哎，太可怕了，她闷闷不乐地想着。眼睛一直盯着长途汽车开过来的方向，不过，她要等的车仿佛永远都不会来了。

“这一切真像做梦。是你长得太快，还是我老得太慢?”

对于他的自说自话，她只能在汽车仪表板昏暗的灯光下苍白而无力地笑笑。

“我明白，”他伸手抓着她靠在外侧的肩膀，低声安慰她道，“我知道，你现在心里又烦又生气，恨不得立刻就飞回去。亲爱的，听我说，别把事情往坏处想。一切都会好起来的，怎么可能会有其他的状况发生呢？只因为他没有在家里接电话？得了吧！搞不好他只是跑去哪个邻居家去喝杯啤酒什么的……”

“我明白，比克斯比医生，但我就是放不下心。那封电报带给我一种诡异的感觉，一直挥之不去。一定是有人故意发给我的……”

“那当然，那当然，”他慈祥地微笑道，“电报不可能凭空变出来吧？说不定就是他办公室里哪个混蛋干的，因为他想让……”不过，说了一半，他就意识到这个理由实在过于荒谬，于是停下了话头，不再继续说下去。

她凝视着前方，顺着长途汽车站边的州际公路放眼望去，视线停留在了医生停他那辆福特轿车的车站的对面。

“很晚了，不是吗？说不定末班车都已经开走了……”她边想边把手指头放在嘴里，一会儿又再换另一根手指。

比克斯比医生好心地将她的手指头拉开，把它压在她的膝头上。“你七岁的时候，我好不容易才让你改掉这个坏习惯，你不会要我从头再来一遍吧？”他直视着前方不怎么干净的挡风玻璃，“长途汽车来了。瞧见那两道灯光了没？没错，一定是巴士进站了。”

——

地板上好像有什么柔软的东西在摩挲着他的小腿，把他弄醒了。他睁开惺忪睡眼，下巴压在衬衫的第二个扣子上，低头想看看到底是什么东西。

是库奇，他正像个小动物似的趴在地上到处乱爬。他的头趴得好低，几乎都钻到他脚底下了。

“你还在想找个地方躲起来啊？”莫兰充满爱意地问道。

小朋友听到这话抬起头，纠正他爸爸的错误，想让他知道现在发生了什么事。“现在已经不在玩啦。贝克老师的戒指找不到了，我正在帮她找戒指。”

这时，她的声音由外面某处传了进来。“找到了吗，亲爱的？”

莫兰站起身来，走到房间外面。他的确记得她刚进门时手上是戴着戒指的。

楼梯下方储藏室的门敞开着，仿佛她一直待在里面似的。她在通道另一头对面的护墙板那儿找着，双手撑在膝盖上，身体往前微倾。

“不知怎么搞的，我竟然一点也没察觉戒指滑掉了，”她说，“唉，可能就掉在这附近吧。丢了这戒指我心里挺不舒服的，这可是毕业时我妈妈送我的礼物。”

“这里面呢？”他问道，“你找过里面了吗？你进去过，记得吗？而且你在里面还四处敲打过。”

她不经意地回头望了一下，又继续低头寻找。“我已经找过那里面了，但是我没有火柴，所以也看不太清……”

“等一下，我这儿正好有火柴，我再进去帮你找找。”他跨过门槛，划亮了一根火柴，背对着门蹲了下来。

就在他身后，那扇厚重的木门“砰”的一声关上，就像谁开了一枪，一声巨响在储藏室外面的走廊上回荡。

3. 莫兰案的调查报告

◆ 上司询问万格

“怎么样，你那边有没有发现什么线索？你都快要成为我们这儿侦办‘不像谋杀案的谋杀案’的专家了。”

“当然！百分之百如此！还能有什么疑问吗？”

“好吧，小声点，别把我桌上的文件都吹跑了。不过，克林说他派去调查此案的那些人可没你这么肯定，所以他才准许我派你参与调查。其实，在这个问题上，他挺好说话的……”

“什么？”万格差不多都语无伦次了，“他们怎么说？说莫兰不小心把自己锁在储藏室里，然后结案……”

他的上司镇静地对他挥挥手：“等等，别这么急啊。他打算这样做，而我也同意他的观点。没错，莫兰太太的确——至少据她所说——收到一封签上她姐姐名字的假电报。很不幸，在他们家里一直找不到这封电报，它不翼而飞了，所以我们无法追踪电报到底是从哪里发出的。本市所有的电报都应该有存档，不过由于当时的情况极度混乱，她没注意到电报的日期。没错，那小孩也一直咿咿呀呀地说有个‘女士’跟他一起玩游戏。只有两件事可以证明此本案有大人涉入，那就是电话线被切断，以及那张留在小孩棉被上的字条……”

万格不以为然地撇撇嘴：“那么，门上泥的油灰①又是怎么一回事？”

“你的意思是那孩子没办法拿着油灰够到门顶，是吗？不，克林告诉我，关于这点他们已经让那孩子试过了。他们只给他一盒油灰，什么都没暗示，然后说：‘让我们瞧瞧你那天是怎样把那扇门封上的’，之后就站在一旁袖手旁观。只见他把电话旁的三角凳拖过来，放好，站了上去。如此一来，他的手就能完全伸到门顶的缝隙。在没人教他的情况下他都能够独立完成这个动作，那么，事发当晚他是不是也可能做得到呢？”

“咳……”万格心有不甘地清了清喉咙。

“此外，他们又测试了他一次，对他说：‘小朋友，如果爸爸躲到那里面去，你会怎么做？是让他出来呢？还是让他待在里面？’小孩说：‘让他待在里面，这样他就能和我一块儿玩捉迷藏了。’”

“那些家伙难道都疯了？他们的脑子都派什么用处的？小孩能剪电话线？小孩能写一张印刷体的字条——”

“让我先说完行不行？他们不认为这孩子有能力独自干下所有的事情。不过，他们的确被牵引着倾向于这是一起意外。可能，

---

① 译注：油灰也叫“腻子”，油漆施工中填嵌缝隙、平整表面的膏状材料。一般以熟桐油与石灰或石膏调拌而成。也常用于固定门窗玻璃等。

当时在现场曾有人惊慌失措地想去救他，但见大势已去，害怕被牵连，就吓得落荒而逃了。

“克林的手下就是这么认为的——记住，这还不是定论。他们只是在无法得出更严谨的推理之前，先暂时假设莫兰有位女性朋友，拍了一封假电报给太太，借故将她支开。就在那个女人抵达之前，莫兰独自跟孩子待在家里，并且和小孩玩起游戏。他不小心将自己反锁在储藏室里，而那个该死的蠢孩子又把门给封住了，当那个女人抵达时，莫兰早已窒息而死。见到此情此景，她吓慌了，深恐自己会被卷进去，败坏自己的名声，于是，她就先哄小孩上床睡觉，然后写了张未署名的纸条留给他太太。或许当时电话铃声刚好响起，她当然不敢接电话，惊慌之余顺手把电话线剪断了。他们认为她可能出于心慌意乱，以致于在她打开柜子的门、发现莫兰已经窒息而死之后，心生恐惧，便又关上储藏室的门，再用油灰把门缝重新封好。企图把现场复原成她刚进屋时的模样，让人以为这一切全是那孩子所为，与她毫无关系。换句话说，此事原本是意外，但事发之后，因为有人心中有鬼，同时又怕身份曝光，画蛇添足地做了些蠢事。”

“切!”万格捏了捏鼻尖，直截了当说，“嗯，这就他们的所谓推理，在我看来全都是狗屎。你怎么说？是要我跟进还是放手?”

“跟进，跟进，”上司心不在焉地附和道，“我会先跟克林谈一下这事。反正，你只有一次犯错的机会。”

他们围坐在房间地板上，一圈人围着样什么东西坐着。从外面根本看不见中间到底围着什么，因为他们宽阔的背部把视线全给遮住了。无论中间那玩意儿是什么，它必定非常小。不时地，有人困惑地伸手搔着自己疲乏的后颈。一切就差掷骰子的声响和赌博时的黑话。

一个女看守员站在门口观望，并未参与其中。她身上散发着某种特殊的不协调感，跟所有人的审美都格格不入。她就像在跟旁观者开玩笑似的，从头到脚都让人觉得不舒服，仿佛她原本打算穿上一条裤子，但结果却穿了一条及踝长裙，搭配得非常不协调。

万格从另一侧的一扇门无声无息地走进来，站在那儿看着，最后，他实在看不下去了，便向前迈出大步，那些蹲坐着像是在开秘密会议似的彪形大汉一下子作鸟兽散，露出一个小孩的身影。在那些类人猿般粗笨体型的衬托下，库奇的身材显得格外渺小。

“不可以这样，不行！”万格冲他们喊道，“你们到底想干什么？——欺负这么个小孩子？”

“谁在欺负他？”其实万格也知道，事情并不是自己说的这样。其中一个人正把一块袖珍怀表收起来，显然他刚才正晃着表链引诱库奇，但根本没起到任何作用。

女看守员别过头去，笑声嘶哑如马叫。

库奇有一种小孩特有的机灵劲儿，很快就察觉到有人同情他，于是顺势撒起娇来。他瞧了万格一眼，先是扮了个鬼脸，然后拉开嗓门，开始撕心裂肺地干号。

“是吧，你们看到了吧？”万格边说边用责难的眼光环顾众人，“难道你们不知道这个年纪的小孩本来就怕警察吗？来一个就能把他吓得够呛，更何况你们还是一堆人……”

“我们又没穿警服。”其中一个家伙很认真地反驳道，“他又没见到警徽，他知道个啥？”

“儿童问题专家来喽。”他们往门外散去的时候，其中一人低声揶揄道。

最后一个离开的人愁眉苦脸地说：“希望你的运气比我们好。兄弟，我宁可去审那些最难缠的悍匪，也不愿跟这样的小孩打交道——他连你在讲什么都搞不清楚。”

“他知道得可清楚了，”万格咕哝道，“只不过需要些小技巧。”

人一下子都走光了，只剩女看守员留了下来，即使她存在的价值令人置疑。先前的审问游戏中，比起那些彪形大汉，库奇似乎更讨厌她。她把这个小小的证人吓得半死。如果她再多靠近几步，这孩子大概就要歇斯底里大发作了。

万格拉了张椅子坐下来，双腿张开成直角，抱起库奇，让他坐在自己的一条腿上。

“呆瓜警探又要开始办案喽，”女看守员不以为然地讽刺道，“我觉得他还没从当晚发生的事情中清醒过来——”

“他挺清醒的。我说，到底是谁在调查？”

由于坐在万格的膝盖上“面谈”，库奇对面前这个人已经不那么怕生了。他讨好地对万格笑着，看起来好像想捞点什么好处的样子：“你还有没有水果软糖？”

“没有了，医生说我已经给你吃太多糖了，”万格直切主题，“是谁让你爸爸走进那间储藏室里的，库奇？”

“没人，是他自己要去的，他在玩游戏呗。”

“上次审问他的时候，也是被绕在这个问题上。”女看守员多嘴地插话。

听到这话，万格怒火攻心，面露不快，这对他来说倒是相当罕见。不过，他还是强压怒火，深吸一口气继续问道：“库奇，你爸爸是在和谁玩游戏呢?”

“我们。”

“对啊，但‘我们’是谁? 你和谁?”

“我跟他，还有个女的。”

“哪个女的?”

“就是来过这里的女的。”

“嗯，来过这里的哪个女的?”

“那个女的嘛，就是那个，那个……”不是库奇不愿意讲清楚，实在是这个问题太复杂，让他力不从心，“就是那个跟我们一起玩游戏的女的呀。”他突然想到了这么一条结论。

万格一直屏气凝神，想听个所以然出来，现在他气馁地叹了口气，把胸中的郁闷都吐了来。

“他每次都这样避重就轻，偏离重点。这小孩长大以后一定能说会道……”

万格正心烦意乱，又听到她在边上鼓噪，不由地爆发了：“听着，麦戈文，我可不是在跟你开玩笑。我干活的时候，你再敢说一句风凉话……”

“什么话?”这女人想把话听清楚，但她的听力不太灵光。

万格掏出黑色小笔记本，再次转向这个坐在他腿上的小证人。库奇正愉快地荡着两条腿。“好吧，我问你，这游戏叫什么名字?”

“捉迷藏!”库奇得意洋洋地回答道，说到这些东西，他最熟不过了。

“谁先开始躲?”

“我。”

“接下来轮到谁?”

“接着就是那个女的了!”

“再接下来呢?”

“然后就轮到我爸爸。”

“有点意思了。”万格轻声低喃着，他把本子抵在另一边的膝盖上，用弯曲的手臂撑住，字迹潦草地写下“秀骗”两个字，写完之后发现有错别字，于是随手划掉，写下了“诱遍”两个字，发现又写错了，再把错字划掉。最后草草写了这么句话：“玩捉迷藏时被骗进。”

随即他又痛苦地抬起头。“什么玩意儿！狗屁不通啊！从未见过的陌生女人怎么可能轻易地登堂入室，让一个成年男子和她玩游戏，哪有这么容易的事情!”

喜欢冷嘲热讽的女看守员轻声地开腔，她自以为语调轻柔就不会有人嫌她多话：“你吃惊了。但他说的并不是你所想的那种游戏。”

万格把笔记本重重地砸在对面的墙上，然后“啪”地落下。

“怎么了?”库奇问道，饶有兴味地盯着那本子，“那个本子要干吗啊?”

“等一下，你就这么理所当然地认定他从没见过她，是吗?”女看守员冒着生命危险试着提醒他。

“你不是都听见了!”万格对她愤怒地吼道，“关于这一点，我已经在笔记本中重复记录了六次！她以前从没来过他们家!”

库奇又开始扮鬼脸。

“我不是在对你发脾气，小子。”万格很快恢复常态，轻轻拍了拍库奇的后脑勺，缓和他有些紧张的情绪。

求之不得的谜底突然从天而降。库奇抬头望着他，仿佛对两人的友谊关系开始有些犹疑不定。

“那么你是在对谁生气呢？是在生贝克老师的气吗?”

“谁是贝克老师?”

“就是和我们一块玩游戏的女士呀——”

万格差点把小男孩扔到地板上摔个四脚朝天。

“天哪！我真的从他口中套出她的名字了！你听见了没？真想不到他——”

但这兴奋只是昙花一现，他的脸色随即黯淡了下来：“这大概只是她临时取的化名。她进门时化身为贝克老师，但当她一踏出那个房子就不再是贝克老师了。如果我能查出她到底对莫兰编了什么故事就好了，这就能解释为什么她能如此堂而皇之地进到他家里，或许这会有点帮助——”

“会不会是附近的邻居?”女看守员问。

“方圆数百英尺内的居民，我们都已经仔细调查过了。库奇，当你爸爸打开门让她来时，贝克老师对他说了些什么?”

“她说‘你好’。”他犹豫不决地支吾着，显然他正竭力让万格满意。

“又开始绕进死胡同了。”女看守员无助地叹了口气。

万格朝楼梯方向看了一眼。

“不知道她是否会对破案有所帮助……你去问一下医生，看看她能否下来一会儿。告诉医生，我并不是要审问她，听清楚了吗？我只是想看看，在这孩子提到的重点中，她能不能提供更进一步的线索。我不会占用她太多时间。”

“在我离开的这段时间里，你不能刻意去误导这个孩子，”女看守员警告他，“照理说你跟他在一块时，我应该全程陪同。”

几分钟后她回来了：“他们不想让她下来，但她自己想。她马上就下楼。”

在医生和护士的搀扶下，她非常缓慢地步下阶梯。残酷的命案不仅发生在储藏室里，更活生生地写在她脸上。

“请你——”医生叮嘱着万格。

“放心。”万格让他不用担心。

她是个母亲，即使已经悲伤得如同行尸走肉，但她仍然保持母亲的天性。

“你没有太累到他吧，警官？”

她步履蹒跚地走向他们，弯下身吻了她儿子。医生和护士分别从两旁搀扶着她直起身子。

万格几乎不忍心再继续进行下去，但这种情形毕竟迟早都要面对。

“莫兰太太，不晓得你是否认识一个叫贝克老师的人？我只是问一下，看看是否真有其人，或者这只不过是……他刚刚提到贝克老师的名字……”

在医生和护士注意到之前，他就瞧见她神情大变——因为她的脸正对着他。在这之前，他还以为像她这种遭遇重大精神打击的人，已经不太可能会有更戏剧性的情绪变化了。但眼前却出现了新的转变。在她历尽沧桑的脸上，出现了一种越来越惊恐的表情。那片阴影就像一层冰冷而又湿漉漉的黏膜，在她的脸上渐渐蔓延开去。她用两根手指头抵住额骨两边眉毛的边缘，仿佛怕自己的脑袋就此炸开来似的。“不是她！”她轻轻说道。

“库奇说是她。”万格挣扎着轻声回应道。

“噢，不——不！”

他准确地解读出她这种苦恼反应的含意。她并不是否认此人的存在，也不是否定对其罪行的指控——她只是因为此事令人太难以想象而痛苦。

“这么说来，的确有……”他温和地进一步追问。

“是库奇的……”她几乎哽咽，脸上的泪水已不仅代表悲伤，更是内心致命恐惧的外在流露。那份恐惧在她的双眼中表露无遗：“是库奇的……幼儿园老师……”

如果还有什么事能让已经发生的悲剧雪上加霜，那就是指认出这件事情的祸首，从众多抽象条件中逐渐归纳出活生生存在的那个凶徒。从一扇冷冰冰紧闭着的门内，牵引出那个每天照顾她儿子好几小时的年轻女人，这真让人难以接受。

她整个瘫软了下去，并不是昏厥，而是她的双腿实在站不住。护士和医生及时扶住，从两边撑着她。他们把她慢慢地转过去面朝大门，带着她缓缓走出门。此时，她已经一句话都说不出来了。不过，万格已经不需要再套问她什么，整件事情已经很清楚了。

就在这场悲剧般的审问即将告一段落的时候，医生在房门关上之前转过头来对他们咆哮道："你们这些家伙真令人恶心！"

"没办法，"万格固执地说，"这是例行公事。"

——

她正和一群小朋友在操场中的儿童专用场地上玩耍，这块场地和那些大孩子们的游戏区之间有一个分隔。大孩子的游戏比较剧烈，如果和小朋友混在一起可能会撞伤他们。小朋友们在两根柱子撑起的圆拱状空间里鱼贯前进，在那里面跑来跑去玩游戏。老师让他们在两件宝物中挑选一个，然后悄悄地把选择告诉老师。老师再依据选择把他们排在两根柱子的后面，分成两队。万格在东十一街的办公室里讯问库奇时，从没听他说过这种游戏，所以他不太懂这些小朋友在玩什么。

他从未如此痛恨过自己的工作，虽然这并非正式逮捕，甚至连逮捕的边都沾不上。但是，当着一群孩子的面办理这种事，令他感到厌恶。硬把她带走、审查她是否杀人，这使他感到残酷，甚至有点下贱。

她瞧见他在观望，于是暂时离开小朋友，走向他。她是个矮小细瘦的女人，有一头金铜色的头发，年纪很轻，顶多二十四或二十五岁，戴着眼镜的脸蛋还挺漂亮。事实上，即便她看来有点严肃，但还是很好看。她的两颊上有些小雀斑，看起来更加俏丽。

"你是在等哪位小朋友吗？"她亲切地问道，"这堂课还要过一阵子才能下课。"

他要求上司允许他用自己的方式单独行动。他的方式是，找个大孩子当“向导”，这孩子带完路又回到自己的班级，万格并没有向校长报告这件事，这么做似乎更为体贴。

“我想和你谈谈。”他说。他希望能在不惊扰她的情况下把事情办了。毕竟，到目前为止，她只不过是从孩子口中不经意说出的一个名字。“我叫万格，是从警察局来的。”

“哦?”她并未露出特别惊慌的样子，只是颇为讶异。

“我希望你能到警察局去看看库奇·莫兰，就是弗兰克·莫兰先生的儿子。如果你不介意，请你一下课就立刻跟我们走一趟。”

“哎，是呀，可怜的孩子!”她同情地说。

这时候，游戏已经停了下来。孩子们仍然排成游戏队形，所有人看着老师，等待她发号施令。“现在我们是不是可以开始拔河了，贝克老师?”

她带着询问的眼神望着他。

“先把你的课上完吧，”他没有反对，“我会等你的。”

她立即回到工作岗位上，毫无半点受打扰的征兆，从容自如，专注于工作，她活泼地拍拍手说着：“好了，现在开始了，孩子们。预备——拉!不要太用力……小心，马文，你拉的是芭芭拉的袖子……”

等孩子们全都安全坐上校车、离开学校之后，他看着她在教室里收拾讲台，她平时在这个地方对小朋友软硬兼施，现在她只是默默地把东西整理齐，放进抽屉里。

“他们上课时画的蜡笔填色图——就像你现在手上拿着的那叠——小朋友们是不是每天都会带回家?”

这个问题很无聊，反正他在边上闲着也是闲着，随口一问而已。至少听起来给人这种感觉。

“不，每逢星期五他们才会带回家。我们让小朋友把一星期中的作品都收集在抽屉里，到了周五就把抽屉清干净，要他们把所有的作品都拿回去，好让小朋友的妈妈们也看看他们的成果。”她宠溺地笑道。

他随意拿起其中一张填色图，图上有一只超大的知更鸟在树枝上休息。他装作很欣赏的样子轻声笑道：“这张图是上周的还是这周的？”这又是个没话找话的无聊问题。

“是这星期的，”她瞄了一眼后说道，“那是他们星期一下午的作业。”

星期一晚上不是……

他们一起搭出租车前往莫兰家。相较之下，万格反而显得心神不宁，他不断地望着窗外。“你是出于办案需要才带我前去，还是纯粹带我来吊唁的？”她终于有些尴尬地问道。这么问倒不是因为她有负罪感，只是对这种从未遇见过的情形感到不确定而已。

“例行公事罢了，不必太在意。”他又望向出租车窗外，仿佛此刻他的思绪已飞到千里以外，“对了，事发当晚你有没有到他们家去？”他尽量让自己的语气听起来很轻松。

用这种语气问话，倒不是真的因为万格对贝克老师心存体贴，从而在态度上有些软化——而是因为，毕竟，到目前为止，情势都还没完全明朗，他不想鲁莽行事。

“到莫兰家？”她非常震惊地扬起眉毛，“干吗啊？天哪，当然没有！”

他没有再问这个问题，而她也没有再度否认。这种问题和这种回答只要有一次就够了。现在她已经跟这个案子产生了某种微妙的关系。

——

对万格来说，大风大浪也算见得不少，但他从未碰过比这更夸张、更棘手的案子。她对那个孩子似乎毫无防备。反过来说，那孩子对成人世界同样毫无防备。

当女看守员把库克带进来时，他一见到贝克老师便大为开心。“嗨，贝克老师！”他穿过房间跑到她身边，一把抱住她，抬头望着她说，“今天我没有去上学，因为我爸爸走了。昨天我也不能去。”

“我知道，库奇，大家都很想你。”

她转向万格，仿佛在问：“接下来怎么办？”

万格蹲下来，用低沉而富有启发性的语气说道：“库奇，你还记得那天晚上爸爸走进柜子里的事吗？”

库奇认真地点点头。

“那时候跟你一起的是不是这位女士？”

所有人都在等待。

最后她不得不亲自催促他：“是我吗，库奇？”

他一副不打算回答的样子。房间里的紧张气氛几乎令人窒息，至少房间里的大人们这么觉得。

她深吸一口气，拿起他的小手放在自己的双手之间，问道：“库奇，那天晚上，爸爸走进柜子时，贝克老师是不是这儿跟你待在一起?”

这次他却脱口而出，回答道：“是啊，贝克老师在啊。贝克老师跟我和爸爸一块吃晚饭，记得吗?”但他这些话全都是说给她听的，而不是对着在场的任何其他人说。

她慢慢地站起来，摇着头，脑中一片空白。“喔……不……我弄不明白……”她周围人的脸看起来有点像特写镜头。没人说话。

“但是，库奇，看着我——”

“不，请不要影响他。”万格制止她，他的举止文雅，却非常坚决。

“我并不是想要……”她无助地说。

“贝克老师，你到外面等一下好吗？我马上就过来。”

一会儿，他出来后，只见她独自坐在墙角的一张椅子上。事实上，有人正坐在黑色玻璃后面掌控着这个房间里的一切状况，她对此一无所知。她把手袋的搭扣一遍又一遍地打开又合上，合上又打开，随后抬头直勾勾地看着他。“我不明白——”

无论如何，关于这个案子他不会再多说什么。库奇这孩子现在也身陷案中，就是这样。

他拿出一张蜡笔填色图给她看。图上有只大得不成比例的知更鸟停在树枝上。“你说过，这是你星期一下午给他们的涂色作业，而他们只在每星期五才把作品带回家。”

她盯着那张图看了许久，如果光是确认的话，根本用不了这么长时间。他等了一下，把这张图折好，收了起来。

“不过，贝克老师，星期二一大清早，我们就在屋子里找到了这张图。你认为这张图是怎么跑到这里来的?”

她直勾勾地盯着前方，仿佛那张填色图还在她面前似的。不过这时候，她眼前只有他身上穿着的衣服。

“当然，也可能是当天小男孩在分数没打好之前就擅自把图画带回家了。”他语带询问之意猜测道。

她飞快地抬头看着他：“不，我不认为他会这么做。那天他提前下课，因为他妈妈在外面等他，要带他一块儿去车站。你可以去问莫兰太太，但是——”

“我已经问过了。”

“哦，那么，”她站起身来，脸色渐渐泛红，“刚才那场对话是什么意思，难道只是为了套我口供？”

他别过头去，不愿表态。

“你这么做让我的处境非常尴尬。”她说。

“没有没有，”他敷衍地说，“干吗这么说？”

她低头瞧着自己的手袋，又开始把包打开合上，然后她突然变得有点不耐烦，瞪着他，这表情倒是很配她那头火红色的头发。“尽管我搞不清楚这事儿有什么必要！反正刚才在里面的问话根本就不公平。”

一听这话，他也被激得伶牙俐齿起来：“什么意思？那孩子不是跟你非常熟吗？他不是每星期有五天都会见到你吗？就我们的立场而言，这事还没有什么结论，你可以提出意见，但刚才的对质没有问题。”

“难道你看不出来，这种年纪的小孩，他们的心思就像底片胶卷一样容易感光，第一印象会在他们心中留下深刻的影响。你刚才叫我不要影响他，但警方在过去这几天里，可能已经在无意中给他造成了极深的影响。他听见你一直说我当时在场，于是他就相信确有其事了。对小孩子而言，现实与想象之间的边界是很模糊的。”

他用一副极有耐心的声调慢慢解释道：“你完全误读了我们对着孩子造成的所谓影响。首先，你的名字是从这孩子嘴里说出来的，在这之前，根本没人知道你的存在。所以，我们对孩子的影响根本无从谈起。事实上，当我们从孩子口中听说你的名字之后，还跑去找莫兰太太了解你到底是谁。”

听了这话，她没有暴跳如雷，但身子猛地前倾，以此表达自己的态度：“那你能不能告诉我，当时我到底做了些什么？事情发生之后我就走掉了？谁也没有通知？”

“看在上帝的份上，”他无可奈何地两手一摊，“你刚才不都说了？你说事发时你不在现场，而我也没再问第二次，不是吗？”

“那我就再重复一遍：我没去过现场，千真万确！在今天之前，我从来没有去过他们家。”

“这个问题到此为止，”他做了个安抚的动作，仿佛用双手轻地抚平什么东西，他现在不惜代价想让眼前的气氛和缓下来，“我们就不在这点上继续纠缠了。你只要大致交代一下当天晚上的活动，然后我们就可以交差了。你不反对吧？”

听到这话，她安静了下来，然后说道：“不，当然不反对。”

“我绝无冒犯之意，这是例行公事。同样的问题我们也问过莫兰太太。”

她若有所思，静静地坐在那里：“不会，当然不会……”过了一会儿，那若有所思的表情又转化成一种茫然的失落：“不会的……”

他清了清喉咙：“准备好就告诉我一声。”

“哎，抱歉，我好像把所有的事情都搞砸了，对吗?”说话间，她又一次把手袋的搭扣打开合上，随后说道，“孩子们照正常时间放学，你知道，就是四点。然后我还要整理讲台和教室，全弄完离开的时候应该是四点半左右。我回到自己家里，先休息一下，然后洗衣服一直洗到六点左右。之后到路口那家我常去的餐厅吃饭。我想，你大概想知道餐厅的名字吧?”

他看起来满脸歉意。

“卡伦·玛丽餐馆，那是一间瑞典女人开的居家小饭馆。然后我就出去走了走，大约在，嗯，八点钟左右，我走进了一家电影院……”

“我想，你不记得是哪家电影院了吧?”他的口气听起来十分体贴，仿佛这是全世界上最不重要的事。

“哦，哦，我还记得。我到‘标准’电影院去看了《史密斯先生》这部电影。我不太看电影，但如果要看的话就一定会去‘标准’电影院。大概就是这么回事了。电影散场后我就离开，回到家里已经差不多十二点了。”

“好了，这些信息对我们帮助很大。非常感谢你！没什么其他事情，所以我也就不多留你了。”

她有点不太情愿地站起来，说：“你知道，我不太想卷进这种……这种情况。要是能把这事弄弄清楚，就算多花上点时间，我反而会感觉好些。”

他挥了挥手，说道：“没有什么要澄清的。你大概想多了。现在不要担心这件事，只管回家去，把整件事情忘了吧。”

“好吧……”虽有万般不情愿，她还是走了，不过边走边往回看，直到走远。

就在她走出房间、关上大门的一瞬间，他一下子精神抖擞地喊道：“迈尔斯！”一直等在走廊尽头的房间里待命的那个男人立刻跑了过来。“二十四小时监视，别让她离开你的视线。”迈尔斯听罢，急匆匆地从后门追了出去。

迈尔斯下楼的脚步声未落，万格又继续叫道：“布拉德！”他飞快地发出一连串指令：“快点去查查她的底。再去‘标准’电影院查一下，看看星期一晚上放映的电影是不是《史密斯先生》。这种调查一箭双雕，对我们的调查只有好处。然后再去查一下这家卡伦·玛丽餐馆，看看当晚她是否在那儿吃晚餐。我要对她提出的不在场证明进行地毯式调查，如果被我们发现有任何不实之处，那么到时候就只有老天爷能够帮到她了。”

◆ 打给万格的第一个电话，在莫兰家，二十分钟之后

“嘿，卢。我是布拉德福德!①‘标准’那天晚上放映的第二部电影片名是《五小辣椒》。但售票员告诉我，就在我来之前不久，有人刚来问过同样的问题。售票处的姑娘说她实在搞不懂为什么大家突然对这种上映好多轮的B级片产生了兴趣。”

“是谁在打听？”万格在电话那端急得跳脚。

---

① 译注：布拉德的全名。

“就是她，那个叫做贝克的女孩。他们跟我描述了外形。她一定是跟你谈完话离开后就直接到戏院去了。这个消息够劲爆吧?”

“简直太棒了，”万格面带笑容地回答，“继续调查其余的那些口供。那孩子刚想起来那天晚上她所穿的衣服的颜色，这也是他不经意脱口而出的线索，跟他说出名字时的情形一样。衣服是深蓝色，听清楚了吗? 到她的住处附近调查一下，看看能否找出线索。走访一下邻居，问问她星期一晚上离家时穿的是什么颜色的衣服，可能会有人注意到。还有，一定要低调，千万不要打草惊蛇，我不想让她因为察觉我们的调查行动而惊慌失措，我们要等收集齐所有的证据之后再收网。你就假装暗恋她却对她的名字一无所知。这样一来，你就能不动声色地对她展开调查了。”

◆ 打给万格的第二个电话，同一个地点，半小时之后

“还是我，布拉德。天哪，真令人不敢相信，她的不在场证明可真是漏洞百出！我想现在咱们已经掌握有力的证据了。”

“好啦，别高兴得太早，这一行做久了你就会知道，就算你觉得胜算十足，到头来也可能竹篮打水一场空。”

“你到底要不要听啊? 不要听我就不说了!”

“小鬼，少故弄玄虚。到底是什么消息?”

“那天晚上她并没有到卡伦·玛丽餐馆吃饭！一开始，那个满口瑞典口音的老板娘还坚决地维护她。说什么‘哦，是呀，是呀，她的确有来过’。但有了先前在电影院售票处的经验之后，我总觉得事有蹊跷，所以就心存侥幸地诈了她一下，没想到真被我诈出

来了！我装腔作势地告诉她：‘什么意思？你打算骗我？你以为我不知道她刚来过你店里告诉你如果有人来问你就这么说？你愿意惹上麻烦，还是想尽快脱身？’

“她一听我这么说，吓得立刻和盘托出：‘没错，她看来是有些惊慌，她刚才来过这里。我只是想帮她忙。但既然你已经都知道了，那么我也不想让自己惹上麻烦。’

“等一下，还有件事。我到她住处附近调查过了，电梯服务小姐以及柜台职员都记得她当天晚上出门时所穿的衣服颜色，的确是深蓝色。”

“来吧，让好戏开场吧！”万格兴奋地说。

◆ 打给万格的第三个电话，第二天

“喂，是卢吗？我是迈尔斯。我现在在学校外面。从昨天开始，我就一直严密监视她，直到今天下午四点。刚才有个小插曲，我想马上向你报告，这可能是条线索，也可能不是。我刚才盯着她走出住所，在她前往公共汽车站的途中，我注意到路旁有位水果贩向她问好，而她也回报以微笑。于是我立刻跟上前去，非常快速地讯问了他一下，这样我总算来得及搭上她乘坐的那辆巴士。他说她在星期一傍晚六点向他买了六个橙子。我还记得莫兰家的冰箱里面有两杯鲜榨橙汁，但莫兰太太早上回来时却无法解释这些果汁来自何处。她确信自己当天在回娘家前肯定没有喝过果汁。

“她在六点出门后，根本没有去她说的那家餐馆，而是带着橙子到别的地方去了。我现在就去她的住处，跟打扫房间的清洁女

工聊一下。对我们而言，这些橙子是极好的线索，只要吃了橙子，就会留下果皮，她一定会留下破绽。”

◆ 万格向上司报告

“调查进行得如何，卢?”

“简直顺利得令人不敢相信。我步步为营，生怕一不小心就把案子给搞砸了。说来或许难以相信，长官，经过抽丝剥茧的查访，嫌犯终于呼之欲出。我亲自跟她谈过，也听过她如何一一回答我提出的问题。我一直在用力掐着自己，想要保持清醒。”万格说。

“别掐自己了，去掐她比较好。”

“那女孩编了一套整谎言，当作不在场证明来骗我们。虽然她的说辞漏洞百出，但处理这种事要细火慢熬，急不得！她既没有如自己所说的到餐馆吃饭，也没有去看电影，她离开住处时身上穿的是深蓝色衣服，莫兰家的小孩也认出她就是当晚跟他和他爸爸在一块儿的那个人；星期二清晨我们在莫兰家搜寻，还发现一张星期一下午孩子在学校里所画的蜡笔填色图，而莫兰太太非常确定，那天她去学校接孩子的时候，并没有把图带在身边。所以我们现在就能勾勒出一个简单的轮廓：星期一晚上六点钟左右，她在住家附近的水果摊上买了六个橙子，然后带着这些水果到当天晚上她要去的地方。事发之后，我们在莫兰家的冰箱里面发现两大杯橙汁，莫兰太太十分肯定，这些果汁出自他人之手，她记得她家里原本就有橙子。不过这位贝克老师买了橙子之后带到哪里去了？自始至终，水果都没出现在她自己的房间里。关于这点，我询问过替她打扫的清洁女工。她说一整个星期都没有在她房间清理过橙子皮，也没有什么籽。”

“你对眼下的情况怎么看?”

“我觉得她基本上是死定了。我们就继续把线放长些，让她再挣扎个二十四小时，看看她会不会愈陷愈深。然后咱们就准备收网了。但无论采取什么行动，千万别把她给跟丢了，一定要二十四小时不间断、严密监视着她……

“她会在监视下过上一辈子。”万格又冷酷地补上一句。

——

“我是万格，长官。”

“我一直在等你的消息，我想你最好现在去把贝克姑娘带回局里来。”

“长官，我正准备上楼去带人。我现正从她住所的大厅打电话给你。在我上楼进房间逮捕之前，我想先获得你的允许。”

“好了，你已经得到我的允许了。我刚才收到一份报告。虽然内容并不十分完整，但倒是证实了那孩子所说的当天晚上有两位大人在场这件事。这位目击证人叫做施罗德，他住在莫兰家的斜对面，当天晚上他正好到卧室拉上百叶窗，他说他确实看见有个女人的身影走出莫兰家，时间大约是接近十二点的时候。当然，由于距离太远，又是夜里，他没法看清楚那个人的长相，但我认为没必要再拖延下去了。”

“的确如此。既然她无法合理地交代自己的行踪，我们也就没有必要再拖延了。我大概十五、二十分钟后就回来。”

宿舍的电梯小姐不肯让他上楼：“对不起，先生。这里男士不能上楼。”

“我不是什么男士，我是警探。”万格差点就脱口而出，但他忍住了。他不得不承认这次逮捕行动较为棘手。他耐着性子，粗声粗气地解释道：“前台已经确认过我的身份了。”

电梯小姐望向前台，对方偷偷给她打了个手势，表示可以让他上楼。万格可不想让前台打电话把嫌犯叫下楼，他不愿冒这个风险。

电梯小姐在七楼为他打开电梯门。他说：“你在这里等我一下。等一会儿中途不要停下来载客，我们直接下楼。”

当他沿着安静的回廊走去时，电梯小姐正全神贯注地瞧着他。她看得出来这是逮捕。

他敲门的时候，她的声音里毫无畏惧之意：“是谁呀？”

“请开门。”他轻声回答道。

她立刻打开门，虽然听见男士的声音令她有些讶异，但她还是开门了。她的身后的洗衣盆里装着满满一盆丝袜。

“不介意跟我到局里走一趟吧？”他阴郁地说道，但毫不粗暴。

“哦。”她的声音很轻微。

他站在敞开的门口等着。她手忙脚乱地想从衣柜里找件外套穿，但却找不到她想要的衣服。“不知道为什么，我并不害怕，”她迟疑地说，“我想我应该害怕才是……”其实她的内心非常恐慌。她把外套连同衣架一起掉落在地上，又把衣服捡起来拍打干净。

当她要穿上外套时，又忘了先把衣架拿开。

“不会有什么事的，贝克老师。”他声音低沉地说。

“看来我只能等下再洗丝袜了，对吧？”她说。

“我想你最好别管了。”

她的眉头皱成一团，先把门栓打开。“真希望在你来之前我已经洗好袜子了，”她说着叹了口气，关灯前她问道，“我还能再回来吗？还是我该——我该带些今晚要用的随身物品吗？”她真的非常害怕。

他一语不发地为她关上门。

“你知道吗？我从来没有被逮捕过。”当他们一块走在走廊上时，她语气温柔地说，紧张地迈着小碎步。而他却迈着大步，慢慢地跟在她边上。

“把嘴巴闭上，行吗？”他粗暴地说，他的耐性显然到了极限。

——

他走进昏暗的房间，看着她，顺手点燃一支香烟。随着烟头那点火光，烟雾在屋内慢慢地扩散开来，过了一会才飘到笼罩在她头上的圆锥形光柱中。烟雾飘到她头上时已转为蓝灰色，如同试管内的化学变化。“现在哭可不管用，”他冷冷地劝道，“我们又没虐待你，事已至此，一切只能怪你自己。”

“你不明白这对我意味着什么……”她对着他声音传来的方向回答道，“抓人对你而言司空见惯，你不可能了解我所受到的屈辱。前一刻，我还静静地待在自己的小天地里，突然有个人冲进来把我带走，众目睽睽之下带我下楼，离开我住的地方，再带着我走到大街上，直到警局，才发现自己原来……原来杀了人。哦，我受不了！今晚，整个世界都令我感到恐惧！我曾经给小朋友们讲那些妖魔鬼怪的故事，但突然间，好像有个山妖施法，让这些荒诞的故事走进了我的生活。”

就在她哽咽抽泣时，仍礼貌地带着歉意对着那一片漆黑勉强挤出一个笑脸。

从房间里的某个阴暗处传来另一个声音：“你以为莫兰在柜子里最后那半小时很好过吗？你没瞧见他的尸体被抬出来时的模样，我们可都看见了。”

她默不作声地抓着头发堵住自己的耳朵。

“够了，”万格在一旁说道，“她很敏感。”

躲在暗处的女看守员咕哝着表达心中的不满。

“我不知道这是谋杀。我不知道有人要故意害他！”坐在木椅上的女人说道，“那天你带我去他们家时，我还以为这只是个单纯的意外，他不小心把自己反锁在里面，而小孩又没意识到事态严重。但事发之后，或许是为了怕被责骂，那孩子就编了一套故事，说我当时也在场，好减轻自己的责任。这种事情对小孩子们来说其实很平常。”

万格说：“这些话对案子没有任何影响，也不是我们这次谈话的主要原因。你既没有在那个瑞典女人的餐馆吃饭，也没有去‘标准’电影院看电影。但你事后却跑到这两个地方，要他们对我的人撒谎说你曾经去过！而你现在跑来告诉我，你搞不懂为什么自己被带到这里来？”

她两手紧握，反复搓来搓去。最后她终于说道："我知道……我没想到自己这么快就被监视，那天下午，你看起来是那么亲切友善。"

"我们不能打草惊蛇。"

"我不知道这是谋杀案，以为这只是小孩编出来的小故事，而我得设法脱身，"她深呼吸了一口，"我当时……跟我丈夫在一起。他叫拉里·斯塔克。他……他住在马西大街四百二十号。当晚我待在他的公寓为他煮晚饭，整个晚上都待在那儿。"

他们对这套说辞根本不屑一顾："第一次问话的时候你为什么不说?"

"有些事我不能说，难道你们不了解吗？我是个幼儿园老师，按规定我必须保持单身，结婚会让我丢掉这份工作。"

"听着，我们已经拆穿你的第一个谎言，现在你当然会再编一个。你不能老是这样无中生有乱编故事。凭什么这次我们就该相信你说的话?"

"去问拉里呀，他会告诉你们的！他会告诉你们，当天一整晚我都和他在一起。"

"我们当然会去问他，而他大概也会说你那天的确跟他在一起。但是莫兰家的小朋友却告诉我们，当晚你和他在一起捉迷藏，冰箱里的那两杯果汁也证明你去过他家。还有人证明你当晚穿的是一件深蓝色衣服，这也证明了你事发时和他在一起。最重要的是，这两天来你那些反常的举动同样说明你当晚和他在一起。这些证据已经很能说明问题了，姑娘。"

她无话可说，倒抽一口凉气，头往后仰，重重地靠上椅背。

走廊外射进一道晕黄的灯光，映照在她四周的昏暗角落。有个声音说道：“他已经准备好见她了。”

万格将椅子往后一拉，说道：“现在翻供已经太晚了。不过，就算你一开始对我们这么说，也没有什么太大好处。调查工作已经全面展开，贝克老师。火车开到中途，想换车可不容易，搞不好就会摔个粉身碎骨。”他说着把手伸进那根笼罩她的圆锥形光柱之中，要带她去见自己的上司。

当女看守员和万格把她带到上司的办公桌前时，她又像先前那样无声地抽泣起来了。

“就是这位年轻的小姐吗？”要是换个场合，这话听起来还是蛮友善的，但其实他根本没有那个意思。

这时电话突然响起来：“滴铃铃……”

“请稍等一下。”万格的上司说，然后对着电话听筒说道，“谁？对，这里是有个叫万格的，哦，你打他分机找不到他？你到底……”

他按住电话听筒，看着桌子对面的万格说道：“有人想跟你聊聊，跟你刚带进来的这个女孩有关。去接听一下，看看是怎么回事。”

他使了个眼色，于是女看守员又带着贝克老师走出去了。

“大概是她的丈夫吧。”万格边喃喃自语边走到另一边去接电话。

是个女人的声音：

“喂，请问是卢·万格吗？”

“是的，请问你是——”他谨慎地答道。

对方的声音像把刀似的，一下子切断他的话：“你只管听我说。刚才你带了一个女孩到局里，一个名叫贝克的幼儿园老师，对吧？我打通这电话只是想告诉你：她跟莫兰被闷死在储藏室里一案毫不相干；无论此案看起来如何，或你自以为掌握了多少证据，又或是这案子的调查结果怎样，都与她毫不相干。”

万格开始坐立不安了，一面尽力不发出声音，一面猛对上司做出手势。

但电话那头犹如心电感应似的说道：“你想追踪这个电话的来源，我知道。”她冷冰冰地说，“我马上就挂断电话，你不必浪费时间。如果你不相信，认为我是一派胡言，打算置之不理的话，我可以告诉你，那张别在库奇被子上的字条是这么写的：‘莫兰太太，你的孩子很可爱。我会把他放在安全的地方等你回来，我绝不希望他受到任何伤害。’贝克老师不可能知道这张字条的内容，因为你还没把这件事泄漏出去。他家的收音机是飞歌牌；他看的报纸是《太阳报》；他吃的最后一顿饭的是我做的炒鸡蛋；柜子里面有两件旧雨衣；他座椅旁边的茶几上有整根烧完但形状完好如初的雪茄。你最好快点释放她。再见，祝你好运。”电话“嗒”的一声就挂上了。

这台电话刚挂上，上司桌上的另一台电话恰到好处地响了起来。

“电话位于戴尔大道和二十三街路口的纽曼药店前，是公共电话！”

万格听完猛地冲了出去，差点把大门拽下来。

六分十八秒之后，他气急败坏地冲进药店，把站在柜台后面一脸惊愕的老板拖出来盘问：“刚才是谁在中间那个电话亭里打电话？那个电话听筒现在还是温热的！”

药店老板一脸迷茫地耸耸肩，说道：“一个女人而已。我怎么知道她是谁?”

◆ 万格对弗兰克·莫兰案所做的记录

物证：

一张别在小孩床边棉被上的便条，上面的字迹为大写的印刷体。

一张蜡笔填色图，可能是某个大人模仿小孩涂鸦的作品。

未结案。

第四章　弗格森

预兆昭示，恐怖之事。

——莫泊桑

1. 女人

即使是个人展，这个画展也算是相当冷清。或许画家的名气不够响亮，又或许他的名气已经太响亮——仿品遍地。他的作品不仅在这家画廊见得到，在地下铁的每个小报摊上也能看得到，随处都可以看见。他的作品用小夹子固定着斜挂在那儿，只消花两毛五就可以把它带回家，不止买到封面，而是买回整本画册。几乎每个来参观画展的人都会告诉你，这种做法可真是有点问题。

不过尽管如此，有些人还是照常来参观，倒不是为了欣赏他的作品，而是因为这是一个画展。无论谁开画展，无论哪里开画展，这些人一定会趋之若鹜。他们是那种无所不在的所谓艺术爱好者，也许他们更愿意被称为“鉴赏家”。这票人高傲地四处走马观花，只是为了能在宴会上附庸风雅；偶尔也会有零星的交易商出现在会场，他们在商言商，不想错过任何赚钱的机会。还有几个二流的所谓艺术评论家也来了，纯粹是出于工作需要。明天报纸上的某个角落，这场画展的消息会占上一小块豆腐干大小的位置，或许文中会出现些许鼓励的字句，但也仅限于那么点篇幅而已。

此外，前来参观的还有两位来自基奥卡克的女士，她们之所以来看画展，是因为明天晚上她们就要动身回基奥卡克，在所剩不多的时间里，这是她们唯一方便参观的展览。既然来到城里，她们至少得去参观一下画展。反正这个画家有个挺好听的美国名字，很好记。而且回家之后，在下星期四的淑女俱乐部聚会上，也可以作为说给那些姑娘们听的谈资。

还有一个艺术系的学生也跑来了。你一眼就能认出她来，她在那边猛记笔记，好像坐在博物馆里临摹大师作品的那种学生类型。她表情严肃，面露强烈的求知欲，戴着一副角质边框眼镜，全神贯注地从一幅画游移到另一幅画，每隔一阵子就低头振笔疾书，在廉价的小笔记本上写下自己的体会。

她似乎自有一套鉴赏艺术的眼光。她对静物、风景和群像没有什么兴趣，只瞥了几眼就匆匆走过，却对肖像画情有独钟。或许只有肖像画才用得上高深的技巧，或许她对艺术的理解早就超越了静物和风景画的范畴。

她像只老鼠似的游走于各展览室之间，每当有人跟她欣赏同一幅画而对方想要看个明白时，她就静静退到后面去。没人注意她，因为那些鉴赏家总是大声嚷嚷，唯恐天下不知，只要有他们在场，根本很难再注意到其他人的存在。

“啊呀，我告诉你啊，他的画简直就是照片嘛！要是一九〇〇年那会儿都是这种画风的话，毕加索可能都出不了名。他画的树就是一棵树。它们根本不该被裱在画框中，它们应该跟森林中的树木生长在一块。把一棵树画得那么逼真有什么了不起的?”

“你说的可真对呀，赫伯特！这幅画难道不令你反胃吗？”

“照片！”男鉴赏家雄赳赳地重复道，眼睛向四周扫描，好确定别人都听见了他的话。

“根本就是张随手一拍的照片。”女鉴赏家意犹未尽补充道，然后两人义愤填膺地踱步走开了。

来自基奥卡克来的两位女士当中，有一位患有轻微的听力障碍，她问身边的同伴：“他们在生什么气呀，格蕾丝？”

“因为他们看得出来这些图画到底是怎么回事，所以生气了。”另一位女士在她身边耳语着。

艺术系的学生毫不起眼地悄悄走过，并未在那幅备受奚落的树木画前停留——这些树在遭受众多冷嘲热讽后，这会儿差不多枯萎了。

那对鉴赏家停下脚步，又开始刻薄挑剔起来，这次他们看上了一张肖像画。

“这幅画可不是病态得叫人无言以对吗？他把她头发的质地和细节都画出来了，连投射在发梢之间的阴影都详细地画出来。如此一来，何必大费周章去画一张肖像呢，何不干脆弄个活生生的女孩，让她站在空画框后面不就得了？现实主义！”

“不然干脆挂上一面大镜子，就取名为《一个过路人的画像》？自然主义！呸！”

艺术系学生走到他们身边，记下一些东西，都是些 S 形的记号。那本画了线的空白笔记本上大约地分了四栏：分别是“黑”“金”“红”和“混”。在“黑”那栏下面垂直画着一长串 S 形。在“金”那栏只有两个记号，至于其他两栏，到目前为止什么都没有。她显然花了一下午的时间记录肖像画中的头发颜色，并加以分类统计！这些艺术系学生的行为可真古怪！

差不多到了下午画廊该关门的时间了。场内零星的艺术经纪人早就离开了，他们在这里一无所获。虽然画得还不错，但何必费心收藏这种东西呢？剩下几个不怎么欣赏这些作品的人也纷纷作鸟兽散。而那对鉴赏家还赖在那儿大声抱怨着：“真是浪费时间，我早就说过不如去看那部新上映的外国电影。”他们的声调引人侧目，只要旁边还有人在听这些武断的评论，他们就会不停地讲下去。

从基奥卡克远道而来参观的两位女士从画廊中出来时，脸上带着一抹尽到义务的微笑，说道：“嗯，我们实现诺言了。”随后她们彼此安慰道：“你的腿一定走得很酸，对不对?”

艺术系学生是最后离去的人。现在她那小笔记本的备忘栏里记载着：黑——15；金——2；红——0；混——1。从她对这十八张肖像画所做的统计中，我们可以得出一个结论：这位艺术家对于深色头发情有独钟。

无论如何，在所有的参观者当中，她是唯一满意地度过下午时光的人，因为她达成了当初来看画的目的。

她穿上旧外套，纽扣直扣到下巴，迈着沉重的步伐，走进愈来愈阴暗的街道。她不知来自何处，在不知名的人群中，也不知将去向何方。

2. 弗格森

敲门声响起时，弗格森刚刚把画架和画布调整好。

“就来。”他边说边把一管管的油画颜料理好。

他看起来并不像个画家。也许当下的画家都不像画家。他没留胡须，没戴贝雷帽，也没穿工装裤或天鹅绒长裤。他画的杂志封面多得不计其数。在以商业画作保证温饱之余，他还喜欢创作一些严肃的作品，正如他所说的，这是“为自己而创作”。这间画室有一整面墙都是落地窗，好让不可或缺的阳光可以打北边透进来。但是这面墙并不像其他三面是直立的，而是有些倾斜，兼具墙和天窗的功能。

他一边开门一边问道：“你是新来的模特儿吗？走到亮一点的地方来，先让我看看你。我现在不能确定是否要录用你，我告诉过经纪人，我要找的是……”

只一眼，他就不再挑剔唠叨，反而屏气凝神了。在天窗射进来的光线下，他把她的长相看得非常清楚。

“说起来……”他长出一口气，像是口哨又像是赞美的唏嘘，

“怎么从没有见过你呢？稍微转过来一些，对，就是这样。也许你不见得适合当姜汁汽水广告的模特儿，但是，宝贝儿，我决定录用你了！你正是我心目中的女猎手戴安娜！既然你来了，那么我现在就开始构思这幅画吧，那些混饭吃的东西等有空再说。”

她的头发黑如鸦羽，肤色呈象牙白。眼睛在淡蓝色眼影的勾勒烘托之下，仿佛带着点淡淡的紫罗兰色。

“上回你替谁当模特儿？”

“特里·考夫曼。”

“那家伙对你做了些什么？有没有一脸色相，想要把你占为己有？”

“你认识他？”她问。

“我当然认识那混蛋。”他一脸嘲讽地说道。

她的眼皮立刻垂了下来，咬了咬嘴唇，然后又振作精神，抬头看着他。

他精神抖擞地猛搓双手，欣喜若狂地看着这个从天而降的宝贝。

“先摆个造型如何？”

“应该没问题吧。”她谨慎地说。

“先让我好好地看看你。你可以到更衣室换衣服，我要你穿戴的服饰全都在那边。金手镯戴在左手臂上，再穿上豹纹短裙，记得开口要在侧边，把大腿露出来。”

她湿润了一下双唇，一只手无助地伸向肩膀，问道：“就这些吗？”

“就这些啦，这是半裸的造型。怎么啦？你做过模特儿，不是吗?”

“当然做过。”她说，然后面无表情地走进更衣室。

她五分钟内就穿好衣服，利落地走了出来，只是表情有点僵硬，并微微偏向侧边，避开他的视线。她光脚走在地板上，轻巧无声。

“美极了!”他神情兴奋地说，“只可惜美好都是短暂的。一旦你开始被拉着团团转，忙着到处社交应酬，两年后，这份清纯脱俗就会消失无踪。你叫什么名字?”

“克丽斯蒂·贝尔。”她说。

“好吧，现在你站上去，我会告诉你该摆什么姿势。这个姿态非常不容易维持，但是我们休息的间隔会多几次。现在先将重心往前，蹲下，眼睛看着画布，一条腿向后伸展，我希望人们在观赏这幅画时能感觉画中人仿佛正从画框中走向他们。右手臂要向前弯着，像这个样子，像要紧抓住什么东西似的。左手臂向后弯，越过肩膀，就是这样，保持这个姿势。现在别动，站好，摆出悄悄靠近猎物、就快要把箭射出去的样子。待会我再把弓箭加上去。摆这种向后拉弓的姿态，一次不能维持太久，否则身体会绷得受不了。”

一旦他开始埋头工作，就不再说话了。这样持续了三十分钟，她开始轻声哀叫起来。

“好吧，让我们先休息五分钟。”

他若无其事地说，然后拿起一包捏皱的香烟，抽出一根，再把整包烟轻推给展示台上的她。

她任由香烟掉落在地。当他转头看她时，发现她的脸色痛苦苍白。于是他狐疑地眯着眼睛，一脸不可置信。

“你以前真是干这行的?”

“嗯，是呀，我……”

她的话还没说完，就听见一阵急促的敲门声。“我正在忙呢，待会再来吧。”他叫道。但敲门声并未就此停下来，他低声咒骂着，前去应门。

展示台上的女孩露出哀求的表情，赶忙说道：“弗格森先生，我很需要钱，给我一个机会吧，好不好？外头大概是经纪公司派来的模特儿……”

“那你在我这里做什么?”

“我一直在经纪公司那儿等机会，但他们不肯把工作派给我，而排在我前面的人又那么多，所以一听见公司打电话通知她到你这儿来，我就下楼到公用电话亭打电话，假装成经纪公司的人，告诉她公司弄错了，说你这里不需要用人，然后就冒充她的身份找到你这里来。但我猜她后来还是发现了真相。你能不能至少试用我一下，可以吗?”她的脸上流露出的恳求神情，连最狠心硬汉的铁石心肠都能融化，更何况这个总是被美女打动的敏感艺术家。

“过一会儿再说吧。”他似乎没办法对她板下脸。

“先躲到别人看不见的地方去，”他秘密地对她耳语道，“我们用老方法把她给打发掉。”

他走到门边，打开一道细缝，从里头仔细打量对方。他回过头望了一下屋里的那位模特，瞧着她小心地紧靠在墙边，双臂交握遮住前胸，不知是有意还是无意，娇小的体态就像件艺术品。然后，他从口袋里拿出一张皱皱的钞票，从门缝里递了出去。“这是你的车费，小姐，我这里不需要你。”他粗声粗气地说。

他走回画架前，强忍住浮现在嘴角的笑容。“你们这一行倒是竞争激烈啊。”他轻笑道。他的脸这会儿笑开了花，“好了，戴安娜，走上展示台，瞄准你的猎物吧！”

他再度拾起画笔。

——

科里手中端着高脚杯，在画室中漫无目的地东瞧西逛，他无意间停在画架前，随意用指头掀开盖在画上的粗麻布，问道：“这是什么？最新的大作？我能看一眼吗？”

“不行，离那幅画远一点。作品尚未完成，我不希望别人先看见。”弗格森边喝着嘶嘶作响的气泡矿泉水边说。

“你跟我就不用客气了！我又不是你的竞争对手，而且我对艺术也是一知半解……”话还没说完，他掀开了那块粗麻布，立刻就被眼前的画作惊呆了。

弗格森转过头来，看着他一语不发的样子，满怀希望地说道：“如果这幅未完成的画就已令你惊叹得说不出话来，想想看，作品完成后将会造成多大的震撼啊。”

科里茫然地摇摇头。

“不，我只是努力在回想……画中女子的脸看起来好像在哪里见过。”

“喔，是呀，我早料到你会这么说。”弗格森用一副挖苦的口吻说道，“你可别想从我这儿套出她的电话号码，至少先等我这幅画完成以后再说，如果你是这个意思……”

“不，我是说真的。当我一眼瞧见这幅画时，感觉像是被一道闪电击中似的。但现在一下子又想不起来，就像是话到嘴边，却偏偏说不出来。我到底曾经在哪里见过那双冷若冰霜的眼睛？还有那双温暖的、令人想一亲芳泽的嘴唇？她叫什么名字？”

“克丽斯蒂·贝尔。”

“从来没听说过这个名字。你以前用过她吗？或许我曾在你的封面作品上见过她也说不定。”

“没有，她是个新手。我刚开始跟她合作，所以你以前应该没见过。”

“但她的眼睛和双唇偏偏又令人那么熟悉。但光是五官还不够，还得加上发型什么的，才能帮助我认出她来。真该死，弗格森，我确定我以前一定在什么地方见过她！”

弗格森再度把那块粗麻布盖在画布上罩好，有点像母鸡袒护着小鸡的味道。他们两个人都走开了。

过了一会，科里离去前又踱回这幅画前来，仿佛这幅画已经深深铭刻在他脑海中，再也难以忘怀。

“我非得把这件事想个清楚不可，要不然我晚上就会睡不着了。”

他走了出去，频频回望那幅被覆盖着的画布，一直到门关上了为止。

——

当弗格森把箭按在弦上，再把整套弓箭放到手上的时候，她有点害怕，退缩到一边，说道：“太可怕了，我昨天竟然让箭从手指缝里射了出来！那件事发生之后，我简直不想再碰这玩意了！”

他和蔼地大笑起来：“没什么可怕的，不过当时要是我的颈子再向后移个两英寸，那后果可真是不堪设想！当时我刚好低头凑近画布，注意查看画中的某些细部，因此才逃过一劫。当时只感觉颈后有一阵凉飕飕的风，接下来，就只见那根箭插在两片天窗之间的木框上摇晃。”

“但那可能会要了你的命呀，不是吗？”她杏眼圆睁，满心悔恨地说。

“如果那支箭正好射中要害，比如颈动脉或是心脏，那我大概就小命不保了。不过又没射中，所以你还担心什么呢？”

“如果我在箭头上加个保护装置，不是会好一些吗？”

“不，不行，如果我的画作不写实就一文不值。箭头这种细节一定要用真的，否则就完全不是那种味道了。现在你别紧张了，那种失误也就是百分之一的概率。很可能是因为你摆姿势时的张力让你不知不觉愈拉愈紧，一旦没了力气，肌肉就会放松，想要休息一下，那该死的箭就这么弹出来了。切记，别把弓弦拉得太满，只要稍微把弓拉开绷直，让箭搭得上去就可以了。你只要这么做就行。”

当他们停下手头工作休息的时候，那包香烟在两人之间传来递去，像在健身房休息室中轮流使用的擦汗毛巾一样。

她说：“很奇怪，你怎么会成为一个画家？”

“为什么这么问？”

“我一直认为画家都很有绅士风度，至少，我一直是这么认为的，不过遇到你之后，这想法就有所改变。”

“我是很绅士啊，你为什么觉得我不够绅士？”

她喃喃自语，声音低到他几乎听不见：“或许现在你是，但你并非一向如此。”

不久之后，当她再度站回展示台上，拉开臂膀并用射箭的姿势正对着他时，她问：“弗格森，你为许多人带来快乐，不过，你有没有……给人带去过死亡？”

他的画笔停在半空，但并未回头看她。他站着凝视前方，仿佛想到了过去的一些事情。

“的确，的确曾经有过。”他把头微微前倾，低声说道。然后他抬起头，就像什么都没有发生过一样继续作画。“我工作的时候别跟我说话。”他严肃地提醒道。

此后，她再也没说话。画室里一点声音也没有，也几乎没什么动作。整个房间只有两个东西在动：一是在画家灵巧手指间急急挥动的画笔；还有立在弦上的那支箭，铁质的箭头在弓弦紧绷的力道下缓慢移动。第三件东西也在晃动：那是因用力拉弓而导致肌肉紧绷、在左手臂下不断游移的阴影。在这片充满活力而又令人战栗的沉默中，只有这三样东西在动。

然后，画室门口突如其来地传来一阵敲门声，还有一群人在门外叫嚷着：“别这样啊，弗格森，快让我们进去吧。聚会时间到了！你不是知道吗？”

当弓弦已经无力对准中心点时，箭头又开始不经意地往前滑动。她累坏了似的长出一口气，这动作引起他的注意：“怎么，你受不了了吗？”

她耸耸肩，露出一抹灿烂的笑容。

“当然没问题，只是……都快画完了，真可惜没法现在就完成呢。”

她从未在如此困难的情况下换衣服，那间更衣室没有锁，当他们一不小心发现她在更衣室里时，就不断地想要闯进去逗弄她。连弗格森都跟着帮腔：“出来吧，戴安娜。别害羞了，这些人都是朋友。”

当她脱下豹皮装、全身只剩内衣裤的时候，她觉得天都快塌下来了。不过很快，最糟的情况总算过去了。更衣室的门是往里开的，只要她顶着门，外面的人就很难进来。她就这么一边用自己的身体抵着门，一边用最快的速度换上衣服。每隔一阵子，外面就有人在推挤着门，把她连人带门一起推进去，她又得再次用力把门推回去，好继续穿她的衣服。她从未以这种方式穿过丝袜，简直像是场杂技表演。

从画室传来的喧闹声听来，这场聚会一时半会儿完不了，这将会是一场通宵狂欢。随着时间的推移，陆续加入的人也会像滚雪球一样愈来愈多。外面的大门两次被人重重撞开，不断有新的声音尖叫道：“原来你在这里呀！难怪我到马里奥那里去找不到你呢——”

甚至，在一片喧嚣中，她还听到弗格森扯着嗓门对电话筒吼道：“喂，托尼吗？送一桶颜料过来，要一加仑装的西班牙红。我这个月的灵感多得用不完。是呀，你知道的。”

然后是众人尖声抗议道：“那个家伙满脑子只有工作，他居然只请我们喝西班牙红颜料！”

“香槟！香槟！我们要喝香槟，否则我们就回家！”

“好啊，都滚吧！”

“你要轰我们回家，我们偏偏就不回去！”

她穿好衣服，环顾四周，轻轻碰碰自己的脸庞，好让自己清醒一下。除了直接穿过画室这一条路之外，没有其他方法可以离开这里。她转过身，偷偷打开一条窄缝，往门外张望。外头已经挤得像个马蜂窝，至少他们那副骚动混乱的样子，看起来跟蜜蜂没什么两样。有人带来了某样不知名的弦乐器，像波希米亚人一样，他们显然不太喜欢任何机械乐器制造的音乐。他们弹拨的技巧不怎么样，却弹得相当起劲。有个姑娘站上模特儿展示台，伴着音乐跳舞。

她看了一会儿舞蹈。当画室中那条“逃生”之路上的人稍微少一些的时候，她开始往外溜，迅速斜穿过这间巨大的画室，希望没人注意到她，至少，不来找她问东问西。

但她的努力注定要失败。突然间，有人叫道：“看，戴安娜！”话音刚落，仿佛所有的人都朝她涌来，接着一伙人全都涌向她，她被卷进了风暴中心。这伙人可不管什么礼仪。

“好美呀！哦，大家看看，多美呀！”

“她像吓坏的小羚羊似的颤抖个不停呢。哎！索尼娅，我怎么就再也看不到你冲着我发抖了呢？”

“我当然会啊，亲爱的，我还是会啊。不过我现在一看到你就笑得发抖。”

一轮赞美的风暴过去之后，她想办法将弗格森拉到一边，低声说道：“我得走了——”

“为什么?”

“我不希望这些人来……来看到我，我不喜欢这样……”

他没理解她的意思，顺口说道：“你的意思是担心那幅没画完的画？就因为那幅画是半裸的?”他觉得这是件能让她很有面子的事，恨不得用最响亮的声音来告诉在场的所有人。

在场的人听了之后也觉得这故事非常吸引人，这伙人要的正是这种不寻常的事情。于是，她身边的人越聚越多。叫索尼娅的女人抓住她的手，紧握在自己的双手之间，怜香惜玉地对着她的手心吹气，像是握着些看不见摸不着的贞操似的。“哎呀，她还这么纯洁无瑕呢!”她同情地说，语气真诚，没有任何挖苦的意味，“别往心里去，亲爱的。只要让我的吉尔陪你玩个十分钟，就没什么过不去的了。”

“你不介意吗?”有人这么问她。

“不介意，”她耸耸肩，“事实上，我和弗格森共处了五分钟之后，他的不自在才慢慢消失。”

他们可都是好意。弗格森把画移到画室后面的墙边，说道：“没人会去看那张画的，想都不会有人去想!”

“她才露到肩膀下面一点啊!”又有人叫道。

“她的胸可真不错。”索尼娅热切地补充道。紧接着，她飞快地拉住她的胳膊，继续说道：“亲爱的，可别误会我的意思哦。”

如果她此刻心中的不安完全是因为这些宾客，那么她现在应该已经感觉好起来了，他们对她这么好，真心实意地想让她有归属感。不过，事实并非如此，她仍旧感到非常不自在，最后她只能背靠着墙壁的一角，坐在地板上，没精打采地看着一个激动无比的年轻人正对着大家朗诵一首无韵诗。她身边放着杯葡萄酒，一口都没碰过，眼睛却看着大门，心中暗自估算着自己离那儿的距离。突然，她的手指痉挛似的，在地板上紧紧握起来，又慢慢张开。

“啊！”无韵诗人叹道，“最后的那行诗直击要害，它的美刺穿了你的内心，我看得出你脸上显露的变化。”

他错了。

出现在她对面的是科里，此刻正站在大门口。他就像一条凭着嗅觉追踪猎物的猎犬，准确无误地绕过大半个城市，被吸引到这个聚会上来。

时间仿佛停止。她原本低着头回避着别人的目光，现在却只能抬头，不情愿地看着这个走到她面前的身影。

“等一下，让他先朗诵完。”她用柔和的声音请求。那位年轻人的无韵诗，从未如此被人专注地欣赏过。

棕色镶皮厚底鞋，鞋尖上还饰有螺旋状花纹。这种鞋估计十美元一双。往上是一双长腿，穿着斜纹软呢长裤。那双手呢，认得出来吗？手指仍然笔直，一只手的拇指勾在外套的口袋边上，其它几根手指夹着一根烟，就搁在臀部稍稍往上的地方。小指上戴着一枚印戒。亮闪闪的披肩金发。他穿着双排扣的外套，左上襟敞开。那张脸愈靠愈近，她再也无法躲避。领带、衣领、下巴。最后，是那张脸。就在年轻人念到最后一行诗句时，他们的眼神交会了 。

此时，他们身后某个地方传来弗格森快活的叫声：“戴安娜，告诉他，他这是胡扯！”

她慢慢站起来，背靠着墙壁使力，好让自己的腿在地上站稳。

“不行，”她头都没抬地对着弗格森说话的方向答道，“除非你先告诉我这是怎么回事，除非你先替我介绍一下。”

“你来了啊！找到你的答案了吧！”弗格森嘲笑科里道。

科里紧紧地盯着她，她也同样不敢轻易移开视线，仿佛害怕一眨眼他就会消失不见。他开口问道：“说正经的，我以前见过你吗？”

哪怕她知道答案，哪怕她愿意回答，但一旦真说出口就不是那么一回事了，就湮没周围人的哄笑中一文不值了。

“看，飞蛾在火那儿飞来飞去呢！”

“你这伎俩不行啊！”

“我们的情圣就这么几招了吗？”

索尼娅没正经地对着周围的人叫嚷，她一向煽风点火。

“是呀，你不知道吗？他们这些上流社会的家伙就是这样勾引女孩子的。有一次，我的朋友去了趟高档住宅区，回来之后她告诉我，一个晚上居然有三个人对她用了同样的开场白。”

科里也自嘲地跟着大家一起笑，笑得肩膀乱抖，脸上的表情也很夸张。不过，他那双眼睛仍然冷冷地打量着她。

众目睽睽之下，被逼到墙边的女子轻轻摇着头，露出一抹略表同情、委婉拒绝的微笑。她在原地站了一会儿，然后设法挪离那个角落，在房间里到处闲逛。但她知道，那个男人也在转头望着她，紧紧追随着她的每个动作。

她在画室的另一端找了个拥挤的地方躲了一会儿。不过一刻钟过后，他立刻又盯上了她，手上端着杯红酒，寻摸着借口，向她走来。

她似乎知道他要问些什么，心中不由一阵紧张，用力地咽了咽口水。令她紧张的不是因为他正朝她走来，而是因为他那礼貌的外表之下暗藏着杀机。

他终于走到她的面前，把酒杯递给她。一瞬间，似乎连她的瞳孔都放大了，好像很怕拿这杯酒，但又不敢拒绝；既不敢喝，又不敢就这么放下。仿佛无论她怎么做，都会勾起那段痛苦的回忆。最后她还是接过酒杯，微抿一口，把酒杯放到身后，图个眼不见心不烦。

他困惑地眨着眼说："你刚才从我手上把酒杯拿过去的时候，我差一点儿就认出你来了，可是一闪念之间又不记得了。"

"你他妈的别再缠着我，省省吧！"她一下子发起火来，转头走进更衣室。

他呆在原地，足足呆了十分钟之久，才走到更衣室去找她。不过此刻这里已不再是私密之处，更衣室在聚会一开始的时候就变成了开放的房间。

见到他快要走进来，她在镜子前假装忙着给自己的脸上补妆。直到他走到她身后。她早已在镜子里看到了他，却装作没瞧见。他和她并肩站着，双手放在她的脸颊上，似乎想仔细看看她那头浓密的黑色秀发下藏着些什么东西。

她凝神屏气，无动于衷地问道："你这是在干什么？"她并不假装感觉到他正在爱抚她。

他叹了口气，把手放下。毕竟，他不可能把她的头整个地抚摸一遍。

她把身子别向另一边，双臂抱在胸前，浑身不自在地摸着自己的上臂。她低下头，像是在忏悔，但她心里想的可不是忏悔。此刻她脑中所想的是弗格森那把锋利的调色刀，是房间里的一大票人。也许，她还在考虑怎样才能用最快的速度从画室的这头冲出门去。

他点上了一支烟，烟雾缭绕中，他开口了："要是我们从没见过，我就不会这么纠结了。"

"我们的确从没见过。"她低着头平淡地说，话语中透出些许不安。

"我总会弄明白的，有很多事，不去想的时候反而会突然想起来。或许需要五分钟，或许要到晚上，或许就在这场聚会结束之前，或许要更长的时间。你怎么了？你的脸色不太好啊。"

"这屋里气闷得很，我又喝了点红酒。我不太能喝酒——尤其是饿着肚子喝酒。"

"你还没吃饭?"他的语气听起来有些过度关心。

"没有，我刚才一直在工作，他们突然闯了进来，之后我就再也没办法脱身了。他似乎根本没考虑过这点，但事实上自从我早上进来工作之后，什么都没吃过。"

"嗯，那么现在跟我出去吃点东西如何？虽然你现在对我还没什么兴趣……"

"为什么不呢？我不觉得你讨厌。感谢你的好意。"

"什么都别跟他们说，否则又要被围观。"

"当然，"她同意，"最好不要被别人瞧见我们同时离开……"

"你的东西都带上了吗？我的帽子被埋在那堆衣服里的某个地

方，我去看看能不能把它给弄出来。到大门口等我，我们想办法溜出去。”

他们小心翼翼地准备溜出门去而不被别人发现，但这时索尼娅正好从旁边经过，嘴里喷出的香烟让她看起来像一列正在缓缓爬坡的火车头。

“对这家伙可要提防着点。”她凑近她的肩膀，不客气地说。

她身后的黑暗中，那个身影双眼发亮。她喃喃自语：“我得确定一下，他到底是在哪里见过我。”

“万一你想找人说说话，给，这是我的地址，明天你可以到我家来痛快地哭一场，没什么比号啕大哭更能舒缓压力。然后我会给你做我拿手的罗宋汤。”

“我会小心。”

索尼娅不是随便说说而已，她很认真：“不，我之所以会这么警告你，是因为这家伙非常直截了当。大家一开始都没当回事，到了事情结束之后才发现不对。以前我认识一个姑娘，她在某个聚会上整晚不停地嘲笑他，聚会结束之后只让他送她到家门口。可是第二天，她就跑到我家来喝我做的罗宋汤了。”

说完，她转身离开，身后长长地拖着烟，长长的一串。她边上的人简直都能听到火车的汽笛声。

他俩走到门外的楼梯边时又碰到了麻烦，身后传来雷鸣般的脚步声，听起来似乎有六七个人的样子。回头一看，只有弗格森一个人。

“我说，你到别的地方泡妞行不行？我还需要她当我的模特儿呢。”

“难道她的灵魂属于你?”

“没错。”

“好吧，我只是带走她的肉体。你会发现她的灵魂还留在你的画布上。”

弗格森果断地整理着领带：“那只能这么办了，我们两个人一起跟这个肉体出去。”

他俩虽然没有当场翻脸，但暗中较劲的意味已经非常浓厚，双方的情绪都很敏感，眼看着玩闹就要弄假成真。

女子暗中拉了科里的手臂一把，似乎在暗示他，让她来处理这事。随后她把弗格森拉到一边窃窃私语，旁观者无从知道他们到底在说什么。

“我跟他出去只是要借机甩掉他。这法子最简单有效。如果你能把其他人都弄走，我待会儿再赶回来跟你会合，然后我们就可以完成那张画。你是不是已经喝高了?”

“那点酒对我来说不过是点红墨水。”

“还是别再喝了。我很快就回来，一个小时，顶多一个半小时。我回来之前，你一定要把这些人都轰走，在这儿等我。”

“这算是对我的承诺?”

“这比承诺什么的厉害多了，这叫敬业。”

他一语不发地转过身去，一步步沿着楼梯走上去。

——

科里摸索着墙壁上的电灯开关，“啪嗒”一声，一间小小的公寓房间被照亮了。“你先请。”他献殷勤地说道。

她无聊地跨了两步，走进房间，心不在焉地四下张望，根本提不起半点兴趣。“那么，现在我们要干什么?”她突然问道。

他把帽子随意一扔，事实上，这间房里根本没什么挂帽子的地方。

“你好像总搞不清状况嘛。”他抿着两片薄薄的嘴唇恼怒地说道，“非要我把话挑明?”

她立即把脸偏向一边去：“不用，我讨厌你那么说。”

一边说，她一边走向一间漆黑的房间，问道：“那里面有什么?”

“另一个房间而已，”他不快地说道，“想看的话进去好了。不过我丑话说在前头，别太急。你起码还要等上十分钟。”

她打开灯，走进了那个房间。一会儿，房间里的灯又关掉了，她走了出来。此时，他正转着杯里的威士忌。“怎么样，很可怕吧?”他嘲弄着说，“那可是间卧室哦!”

她对他的挑衅不屑一顾：“你才是一脸吓坏的样子呢。你在干吗，打算借酒壮胆?”

“这个问题我们过一会儿再讨论——要是到时候你还有力气的话。”

她走到写字台边上，随意拉开两个抽屉。“那是张书桌，”他刻薄地嘲讽，“知道吗？四条桌腿的书桌，桌面是让你写字的。”

他放下酒杯。“我直说了吧，省得以后麻烦。你答应来我家的真正目的是什么？我一跟你提这事，你立马就答应了。”

“你不是也很想上我那儿去吗？只不过我没让你去，就这么回事。”

“你的公寓里又有什么见不得人的东西?”

她猛地打开第三个抽屉，又重重地关上：“随你怎么说。有我亲爱的老娘，还有个六个月的小鬼靠我当模特挣钱养活，要不就是有个破烂烂的脸盆?”

他用力拉开自己的衣领，连扣子都扯了下来。

“我才不管你的过去，你的将来在我这里。这就是我们要做的——现在就做。”

她又打开第四个抽屉，低头一看，微微笑道：“我就知道能找到这东西，刚才在卧室的橱里看见了一盒子弹。”她从抽屉里拿出一把自动手枪。

他急忙冲过来，领结都歪了，着急地说道：“快放下！会出事的!”

“出事的人不会是我。”她平静地低声说道。她用手摸索了一下手枪的大小，随即扣住扳机。

“枪里有子弹！该死的小婊子!”

“那就别跟我耍什么花样，否则子弹可不长眼。你看，保险也打开了。”她把枪搁在面前的桌子上，手指仍扣住扳机。不过以他现在亢奋的情绪，就算有人用高射炮顶着他，他也感觉不到什么危险。他一把从后面将她紧紧抱住，压上她的脸颊，开始吻她。她的手依然一动也不动地摆在桌上，始终枪不离手。

过了好一会儿，他才抬起头来喘气，她的脸也终于露了出来。

她把另一只本来空着的手放到桌面上，对他扮了个鬼脸，让他的自尊心备受打击。她说：“你这蠢货，别亲我。我可不是来这儿跟你谈情说爱的!”

“那你到这儿来干什么?”

“没干什么。到现在为止，你没什么东西是我想要的，你也没有半点吸引我的地方。”

她冷漠的态度刺痛了他，就像条被火柴烫到的虫。他气呼呼地用力把手插进口袋，力道极大，恨不得把整个手臂都塞到口袋里去。

手枪悄悄地从桌面移开。她漫不经心地往大门走去，那把枪挂在她的指尖上，晃来晃去。

“把枪拿回来，你带着这玩意儿上哪儿去?”

“离开这儿。我对你一无所知。我只想安全地离开这儿。待会儿我会把它留在门口。”

他的男性荷尔蒙爆发了，怒吼道：“真这么想走的话就快走吧！我可不缺女人!”

一听到开门声，他就一个箭步冲向门口，那把枪正躺在门外，似乎正在嘲笑他。他听见她下楼的脚步声，如此从容不迫，不带丝毫恨意。那脚步声仿佛蹂躏着他最后的尊严。

“我一定会搞清楚你到底是谁!”他朝着她背后满心不甘地大声吼着。

她的回答隔着一层多的楼面传了上来：“没想起来我是谁，是你走运。”

他重重地摔上房门，声响之大，就像有颗炸弹在楼里爆炸。他捡起自己喝威士忌的空酒杯，狠狠地摔在墙壁上，连那只陶制的烟灰缸也跟着一起倒霉，被摔了个稀巴烂。

他把她祖宗十八代都骂了个遍，就是没想起来她是杀人凶手。他骂了半天也没骂出个所以然。

——

漆黑的房间里，灯突然亮了。科里穿着条纹睡衣裤，盖着被子辗转反侧睡不着，索性伸手打开了床头灯。由于在暗处躺了太久，一时无法适应突如其来的强烈光线，他的眼睛眯成了一条缝，乱蓬蓬的头发是他在辗转反侧时不断抓搔造成的。他身边的烟蒂堆得像座金字塔。忽然，他猛地往小金字塔中又塞进一根烟蒂，脸上流露出胜利的表情。他终于想来了。

“该死，我就知道曾经在哪儿见过她!”他没头没脑地喃喃自语道。

钟面上显示此刻已是三点二十分。

当他意识到这个发现的严重性时，立刻睁大眼睛坐起来，双脚落地。“那女的那天晚上跟布利斯在一起！她已经杀死过一个人！我得马上去警告弗格森要小心一点。”

他光脚跑出去，到走廊上拿了电话本又返回卧室，手指点着姓名列表，根据首字母找到弗格森的电话号码。

他看看钟，三点二十三。

“现在打电话给他，他一定以为我疯了，”他犹豫地喃喃自语道，“天一亮就打给他，应该问题不大。我还不敢确定她们是不是同一个人。害死布利斯的那个女人皮肤白得像鲜奶杯，这个女人却黑得跟乌鸦似的。”

可是，经过再三考虑，他还是决定给弗格森挂个电话：“这种事情我还从来没有搞错过。必须得告诉他，我才不管现在是凌晨几点！”他一把丢开电话本，光脚回到走廊上，拨下弗格森画室的电话号码。

电话的另一端，铃声响着，却一直没人来接。他挂上电话，又猛抓了几次头发。此时，聚会应该应该早已结束，或许弗格森并没有在画室过夜。不对，他应该是睡在那儿的！科里记得曾经在画室的某个房间见过有张床，他跟大家一起参观过他的每个房间。看来，只能等到早上。他再次回到床上，关灯睡觉。

两分钟后，床头灯又亮了起来，他挣扎着爬起来穿上裤子。“我不知道自己为什么要这么做，”他努力说服自己，“要是是找不到这家伙，我可真是睡不着觉。”他穿上大衣，草草打了个领带，匆忙关上门离开。他下楼拦了辆出租车，对司机说了弗格森的地址。

他这种行为实在毫无根据。所有认识他的人都会把他当成笑柄。最善良的人可能会说，他晚上喝醉了酒，又被女人摆了一道，伤心之余，才会在大半夜跑去警告别人：“小心呀，你的模特儿要杀你！”他这么做根本无法用理性解释，他自己也说不上来到底是怎么回事。那是一种恶兆，一种预感，一种感受到潜在危险的直觉。如果弗格森不在家，他就在门口留张纸条：“她就是布利斯坠楼当晚跟他在一起的那个女人，我想起来了。你要当心她。”至少让这家伙有所防备吧。

当他站在画室门口敲门时，里头还是没有任何动静，跟他打电话过来时没什么差别。可他注意到了一件事，这印证了他的预感：弗格森不仅在此工作，也住在这儿。这从一件微不足道的小事就可以看出来——门口放着一个空奶瓶。

很明显，他如果不住这里，根本不会将空牛奶瓶摆在门外。只有他在家他才会这么做。他在里面，他一定在里面。一种不祥的预感在科里心头升腾。

他走到楼下，弄醒了大楼管理员。不论管理员如何怒火中烧，暴跳如雷，他都置之不理。

“是呀，他是睡在画室里，但他也可能不在家，有时候他那票搞艺术的朋友会闹上一整夜。你激动个什么劲儿?”

“帮我把房门打开，”科里气喘吁吁地用一种不容置疑的口吻说道，“有什么事情我会负责。但假如你不肯开门，我就赖着不走，明白吗?”

管理员嘀咕着领他上楼，手上那串钥匙叮当作响。他先敲了敲门，还是没人答应。于是管理员用钥匙把门打开。科里很清楚房间的电灯开关在哪里，他伸手打开电灯，两人站在那儿，顺着灯光往那片倾斜的天窗瞧过去。窗外夜幕低垂。

科里只说了一句话，语气平淡得出奇，几乎可以说是压抑地说出来的：“我就知道。”

弗格森扑倒在画架前。一支邪恶的铁箭头从他后背穿心而出，由于他向前伏倒，身体的重量使箭头插得更深。他们把他的尸体翻过来，才发现胸前那支箭的箭尾羽毛已经被压坏，向右歪到箭杆的一边。这支箭射向他时，他必定整个人正对着模特展示台，所以才会被一箭穿心。

尸体上方摆放的，正是他构思中的那幅女猎手戴安娜，这位戴安娜女杀手的脸部已经被割掉；那张曾让科里苦恼不已的脸也不见了。画布中央有块被割掉的椭圆形，是用调色刀割掉的。那把弓的弓弦已经松弛下来，恶作剧似的，躺在展示台下方的角落里。

科里若有所思地说：“我没能早点认出她，她抢先下了毒手。他一定是为了继续完成画作，才要她半夜回来当模特儿。”

“这是怎么回事?”那管理员吓得低声问道。

他们已经打电话报警，两人站在画室门口等待警察。

“因为她紧握着的弓弦突然崩开，所以那把箭才意外地射中了他吗?”

“不是，”科里低喃着，“是女猎手戴安娜复活了。”

3. 弗格森案的调查报告

“她这样走过来，走到这边。”复原现场时，科里相当投入，他就像一个融入剧情的好演员，况且身边还有一名欣赏他表演的忠实观众。他开口进行描述的时候，含在他嘴角的香烟跟着上下颤动。他卷起衬衫袖子，背心的扣子也没扣，由于他的动作十分激烈，一缕头发甩到了前额上头。

“继续。”万格点点头。

“然后她拉开抽屉，像这样，‘咔拉咔拉’地打开一个，再关上一个。当时我不明白她的意图，以为她在拖时间，没事找事做，就像别的女人一样，我抱住她们之前总要找点事情做做来打发时间。后来她打开其中一个抽屉，把这个拿了出来——”

“等一下，等一下，”万格在椅子上匆忙做了个阻止的手势，“先别碰那把枪。或许我们可以从上头取得她的指纹。她拿过那把枪之后，你有没有去碰它？”

科里的手像某种动物的爪子一样停在半空。

“没有，只在放回抽屉时碰了一下。等等，我还没告诉你，她拿了那把枪之后做了些什么——”

“好的，但是先让我把枪包好。如果你不反对的话，我要拿回去检验一下。”

“没问题。”他站在一旁看着万格取出一条手帕，从抽屉里把枪拿出来，包好，放进口袋里。

“我保证会把枪还给你。”万格向他承诺。

“不急，我很高兴能帮得上忙，”他继续模拟现场情况，“接下来，她手里拿着这把枪，我走过去，反手抱住她，想强吻她。”虽然只是现场复原，但他看起来仍然非常恼火，“但是没吻成。”

万格同为男人，理解地点点头。

“她丝毫没有激情，一点也没有，”科里说，“她根本没有任何感觉。她说：‘我不要爱，不要吻。’接着她走向门边，手上仍拿着枪。我跟在她身后，最后，她出门之后把枪留在门口。她快走到楼下去的时候我在后面大叫，告诉她就算我整夜不睡，也要找出她到底是谁，没想到她反而往楼上喊道：‘你真该庆幸自己还没想起来。’”

他显得气愤难平，嘴唇四周有些发白：“这可恶的小婊子，我真想好好教训她一顿！我并不在乎女人出于害怕而向我挑衅。最让我气不过的是，她不仅向我挑衅，而且态度还这么轻狂！”

万格非常了解他的心情。他自己也被这名凶手愚弄了好几次，扑了好几次空，到头来白忙一场。对他的反应，万格很有共鸣，他倒是挺喜欢这家伙。

他用指头敲着坐椅的扶手说：“依我看来，她早就打算折返画室杀死她要杀死的对象，在那之前，她之所以会先跟你回公寓，可能有三种解释：第一，在你可能警告弗格森并把她的计划搞砸之前，先把你除掉。但她跟你来到这儿以后，你仍没想出她是谁，于是她改变了主意。最重要的是，她要先把你从聚会上引开。她认为在你想起以前在哪儿见过她之前，她还有足够的时间折返画室把事情解决。第二，她上这儿来是为了拿枪，然后再用这把枪把弗格森给干掉……不对，这样说不通，我的脑袋有点乱了，她把枪留在了门口，没有带走。嗯，第三个解释是，你在聚会上对她苦苦纠缠，她担心你一旦逗留太久，很可能会当众指认出她来，因而破坏了她的全盘计划，所以她采取了最简单的方法先把你给解决掉：先给你一些甜头吊吊胃口，然后再让你大失所望。”

对于第三个解释，科里表面上硬撑着，竭力维持自尊，但是他的心里真是哑巴吃黄连，有苦说不出。

“我想，综合以上第一和第三种可能，就是最接近事实的解释了，”万格一边收拾一边继续说道，“她之所以跟你到这儿来，是因为你碍了她的事。如果当时你认出了她是谁，她就打算一枪把你给干掉；不过，倘若你没认出她来，她就放你一条生路。结果你没认出她来，所以她就留了你一条小命。你明天能到局里来一趟吗？我们一起再把整件事情理一理。你过来的时候只要告诉工作人员说找万格就行。”

万格回到局里时，天已破晓。无论工作场所是在室内还是室外，忙到天亮都不是件令人愉快的事。他很累，现在正是一个人最疲倦的时刻。他走进上司那间空无一人的办公室，一屁股瘫坐在办公室的椅子上，十指交叉，撑住脑袋。

“那女人到底是为了什么来到这个世界上的呢？”他轻声地咕

哝着。

过了不久，他抬起头，拿出她在科里的家中所拿过的手枪，把它放进牛皮纸证据袋中，用封条封好。他在封条上潦草地写着："看看你们能否在上头找到线索。万格。"

他拿起电话，说道："请找个人来给我送件东西。"

"现在这个时候没有人手。"前台的值班警官回答道。

"随便找个人，谁都可以。"

大约十分钟后，万格面前出现了一名新手警察，看起来蠢头蠢脑的。

"他们是打哪儿找来的你呀？"他是压着嗓门说的，毕竟他也不太愿意伤害别人的感情。

"你怎么这么久才来？"

"我走错房间了。你的办公室有点不好找。"

万格眼神涣散地看着他，说道："拿上这个，替我跑一趟。这里面是一把枪，他们知道该怎么处理。"随后，他带着点担忧的口吻问道："你知道路怎么走吧？"

新手警探一脸骄傲地微笑道："哦，当然。我报到之后，已经去过那儿两次了。"

他转身准备出门，却找不到门把手，原来他搞错了这扇门的方向，门把手在另一面，这一面只有铰链。他朝门缝瞧了老半天，好像有人在跟他恶作剧似的，过了半晌，他才搞清楚问题出在哪里，转到有门把手的那一面，死命抓着它猛转，但仍然打不开门。

"你的脚——"万格此时出奇地有耐心，指导他该怎么打开门，"——把门给挡住了。"

他累得都没力气发火。

—

“前天晚上你告诉我的那些事情，你现在仍然确定吗？”四十八小时之后，万格在自己的办公室里再次仔细地盘问科里。

“我确定。除了头发之外，她的眼睛、嘴巴等等特征，跟两年前在玛吉·埃利奥特的订婚晚宴上，也就是布利斯死亡当晚出现的黑衣女郎一模一样，这一点，我可以发誓。”

“我很高兴听到你的证词，你的证词很重要，同时也佐证了我对这些凶案的推理：我认为这些命案的凶手都是同一个女人。不过，其他人并不赞同。”

科里握紧拳头，重重敲着桌面：“要是我能早一点认出画中人是谁就好了！可惜我没能及时想起来。”

“要是那天晚上你能早一个小时回想起来，一定能救他一命。但最后她还是抢先你一步。恰恰由于你坚称以前必定在某处见过她，于是凶手加速了犯案的进程，以致于凶杀发生得比计划中的还要快。她认出了你，也明白自己身处险境，必须在被指认之前完成计划，于是便痛下杀手，可能就在你打电话的几分钟前，她就下手了！他死于凌晨三点二十一分，中箭后扑倒在地的时候摔坏了手表，表面上的指针正停在这个时间。”

“我正是在凌晨三点二十二或二十三分的时候打电话给他的，当时我还特地看了一下时间！”科里一脸痛苦，“那时弓箭刚刚射穿他的心脏，估计还没倒地呢！”

“别再钻牛角尖了，”万格想给他打打气，“事情已经结束，一切都太迟了。对我而言，你太有价值了，我一直在找你，你是我一直苦苦寻找的那条线，如今终于找到了。在这四起命案中，至少有两起是有关联的。你认识米切尔吗？”

“不，不认识。”

“莫兰呢？”

“也不认识。”

“但你至少认识另外两人。你是我们所找到的第一位证人，第一个能够将其中两起命案衔接在一起的证人。你现在知道你对我们来说有多重要吗？”

科里一脸狐疑：“但我并非同时认识他们两个人。大约在八个月前，我才在某次鸡尾酒宴上认识弗格森，那时布利斯已经死了。”

万格的面色阴沉了下来，问道：“也就是说，即便通过你这条线索，这两人之间也没有什么直接的联系？”

“恐怕是这样子。即便是布利斯，我也只认识他一两年而已。当时他和弗格森早已各奔前程，不相来往。”

“他们之间有嫌隙？”万格机警地问。

“没有，他们各有各的圈子，两人的职业和兴趣都大不相同，一个是经纪人，另一个是艺术家。他们各自发展事业之后，就再也没有什么交集了。”

“他们之中，有人提起过米切尔吗？”

“没有，我从未听说过。”

“莫兰呢？”

“也没有。”

“嗯，米切尔跟莫兰一定也跟这件事有关，”万格毫不气馁，“但眼下先不管他们，先全力侦查眼前这两起案子。我有件事要请你帮忙，请你仔细回想一下，他们两人是否曾经提及过对方——无论是布利斯谈到弗格森或是弗格森提起布利斯——回想一下两人之间的交集，有没有什么共同的话题能将他们牵扯在一起的？女人、赌马或钱财，无论什么话题，都可以。明白吗？我推断，在他们人生旅程中某个特定的时刻，这四个人曾经有过交集。也许还会有其他人，不过既然目前不知道还有谁，我也只能从已知的四人入手。一旦发现其中的交集，或许就能循查出这个女人的身份。单凭眼前这些线索，实在追查不出她的身份或犯案动机。”

◆ 万格向上司报告

“为了厘清案情，事实上，我所采取的方法，在您看来或许是走进了一条死胡同。我打算先不理会这个女人，就当作她根本不存在，因为她只会把案情弄得更加复杂。我要先把侦查的重心集中在这四个男人身上。一旦查出四个人之间的关联性，我想，自然而然地，她就会登场，到那个时候，她的动机或许就能一清二楚了。”

他的上司怀疑地摇着头，说道：“这是逆向思维吗？你认为这四件谋杀案都是她犯下的，却不把侦查重点放在她的身上，而是放在受害者的身上？”

“我想说的是，她，一直是我们办案的绊脚石。两年来，她一直试图把我们的侦查引入歧途。这一扇门打不开时，或许就该试试另一扇门。即使另一扇门将我们带入了不同的房间，但至少算是有所进展。”

“好吧，想办法进入那房间，哪怕是爬烟囱进去，”他的上司感伤地说，“反正警察局内外根本没人相信这四起命案之间有任何关联，所以查查也没什么损失。大家宁可认为这四起巧妙的罪行是由四个罪犯所为，也不愿相信自己竟然被同一个女人耍了四次，而且事后都被她成功逃脱了。”

——

万格走下警察总局的楼梯的时候，正好遇到科里走上楼。科里一把抓住他的臂膀说：“等一下，我正要找你。”

“你来干什么？我刚想回家。”

“听着，刚才我在打牌的时候，突然想起你问过我，布利斯和弗格森有没有‘提到’对方。我突然想起来一件事，于是丢下牌立马赶到这儿来了。”

“太好了，进来说给我听听。”他们转身上楼。万格带他走进最里面一间空房间，打开灯：“反正不管我早回去还是晚回去都会挨骂，”他悲哀地说道，“再晚半小时回去也无所谓了。”

“我不知道这是不是你所需要的，但至少我想起了一些事情。我想赶紧告诉你，以免忘掉。一连串心理联想让我想起了一些往事。今天晚上玩牌的时候，有人推倒一叠筹码说：‘这些东西又带不走。’这句话使我想起弗格森。某天晚上，我们在他的画室玩扑克牌，我记得他也是推倒一摞筹码之后说了同样的话。这句话又让我联想到他当时提到肯·布利斯的另一句话——这不就是你上次希望我想起的事情吗？

“看，心理联想，它把这两句话串起来了，看看能不能帮上你的忙。他说：‘以前我参加周五夜友会时都没有这么好的手气。’我问：‘周五夜友会是什么？’他回答：‘是肯·布利斯、我，以及其他一些朋友组成的非正式的牌友俱乐部。牌友之间没有什么权利或义务，我们只是相约在隔周的星期五碰面——那是大多数人的发薪日——然后聚在一起玩牌。每次都轮流到不同的人家里玩牌。打完牌之后，我们就挤进同一辆车子，喝个半醉，进城到处兜风。’他就只说了这些，是在庄家发牌的空当里讲的。这段话对你有用吗？”

万格重重一拍他的后肩，用力之猛，让科里不得不扶住了桌子，好保持平衡：

“这是我的第一项重大突破！”

◆ 万格向上司报告

“他们都属于同一个牌友俱乐部，布利斯和弗格森都是。表面上看起来，这似乎对案情帮助不大。但这正是我所需要的线索，由此可知，我不是一头热地妄想，他们在生活中的确有交集。”

“这能说明什么？”

“光这一条线索当然还不够，两条线连在一起才牢靠。若是能多找出几条交集在一起的线索，我们就能看出蛛丝马迹，得出有分量的推论。网链就是这么组织出来的。

“现在仍有好多讯息待查。我得查出这个小小的业余牌友俱乐部到底是从哪一年开始的？我还得查出除了布利斯和弗格森之外，还有谁也曾经加入过？另外，他们是在每个月的第几个星期五碰面？我得查出他们聚会的确切日期。掌握所有讯息之后，我得一一查看这些日期，看看在这些日子当中——也就是弗格森所谓的开车兜风、游荡全城期间——他们到底干了些什么事？或许在某个警察局的案卷里能找到一些线索。

“万事齐备之后，再把那个女人重新放回这个案子里审视，看看她在其中扮演什么角色。我一定会找到一个关键所在，而不是像现在，被悬在半空中，摸不着任何头绪。”

“除了这些，”他的上司同情而又严肃地对他说道，“你就几乎无事可做了。你打算怎么打发剩余时间呢？”

◆ 十天后

“有任何进展吗？”

“有，好不容易找出了一些数据。我查出了聚会的年份、日期，还有另外两位周五夜友会成员的名字。不过，其中有个棘手的疑点，让我十分伤脑筋。如果我不能尽快弄明白疑点，那么全案的调查就变得毫无价值。”

“是什么？”

“没有米切尔。他不是俱乐部的成员，他的名字不在名单上。我调阅了一些很久以前的警局案卷，不出所料，找到了一些他们之前的犯罪记录。他们四个人曾于某个星期五晚上酒后驾车、不守交通规则，还往窗外乱扔酒瓶，最后因为撞上消防栓而被逮捕。四个人在劳教所里关了六十天，并且必须赔偿所有损失，当然，他们的驾照也被吊销了。记录本上有三个名字，分别是布利斯、莫兰以及弗格森。感谢老天，幸好他们使用真名。然而，第四个人的名字却是新的，叫做霍尼韦瑟。我已经从案卷中找到了他们当时的住址，再从地址循查霍尼韦瑟，可能容易些。不过，如果米切尔的确是牌友俱乐部的一员，那么他应该会跟他们这伙人待在一起才对，因为他也是遇害的四个人之一。我现在非常担心自己一开始就搞错了方向，或许这个牌友俱乐部和这些谋杀案毫无关联。”

“也许肇事当晚米切尔临时生病了；或是醉得不省人事，在出事之前就被他们中途送回家去了；也可能那天他并不在城里。我不会那么快就宣告放弃：我会跟你一样继续追查下去。至少，这是一条值得追查的线索；毕竟，这比什么线索都没有来得好。”

◆ 一星期后

“调查得如何，万格？”

“看看我脸上的表情！我简直快跳河自杀了。”

“真够难看的，不过我们先把那个神秘女人的连环谋杀案弄弄清楚。然后我亲自开车送你到桥上，让你遂了心意，过桥费我来付。”

“就别嘲笑我了，长官，案子又卡住了。上次向您报告之后，我就一直在排查线索，现在资料全都搜集完备，半点都没有遗漏，连米切尔的那个疑点我都查清楚了。然而现在，我却继续不下去了——这一切毫无意义，根本不能帮助我们搞清楚案情。就跟每次调查这种谋杀案一样，总是在同样的地方碰到致命障碍：从头到尾都找不到谋杀的动机。他们的所作所为，根本没有严重伤害到别人，别人根本没有动机非要处心积虑地把他们全部干掉。”

“也许有某些潜在的动机，只不过你还没找出来。总之，让我先听听你的报告再说。”

“我一开始先去查俱乐部第四位成员霍尼韦瑟的下落，是从当晚四位肇事者所留下的住址追查起的。不过一无所获，他简直就像从地球表面消失了似的。我大约只能掌握他在肇事后一年之内的行踪，这家伙可真会搬家！随后他就再也不见踪影，跟那个女人一样消失无踪——只不过他并不像那个女人一再地现身。”

“他是干哪一行的？”

“似乎经常处于失业状态。从他最后一任女房东口中得知，他整天坐在房间里敲着一部打字机。然后他就搬离了，再也没有露过脸。”

“等一下，关于这点，或许我可以提供一些意见。”他的上司说，“失业？整天在打字机前敲打个不停？或许他想当个作家。他使用化名吗？你有没有找到对他外貌的详细描述？”

“有，而且非常详细。”

“到各个出版社去查一下，看看有没有人能认出他。还有，米切尔呢？你说那个疑点已经查清楚了？”

“是的，他是他们当时常去的某个地方的调酒师。他们不止一次开车带他出去玩。据我推测，他经常从酒架偷酒，然后带着酒一起去兜风。因此，尽管他并不是俱乐部的成员，但他们出外寻欢作乐时经常会带上他。至少这一点让我的侦查工作没有前功尽弃：周五晚上开车四处游荡玩乐，这仍然是他们之间的交集。但是，一个棘手的问题有待突破：他们似乎并未犯下什么案子，完全看不出为什么有人要把他们都干掉。”

“你确定？”

“至少就警方的超速记录来看是如此，我甚至还查阅过邻近郊区的超速记录。”

“难道你没看出来，他们一定是犯下了某些未被警方查获的罪行，如果警方记录在案，他们怎么可能逍遥法外？”

“不仅如此，”万格若有所思地说，“我突然想到，这或许是一件连他们自己都没意识到的罪行。我想到怎么查出来了！我要再度详查所有报纸上的相关文章。这件事一定隐藏在报纸的某个角落，只是表面上看不出跟他们之间的关联。图书馆是个好去处。好了，现在我要去图书馆做功课了，多花力气才能解开谜题！”

◆ 万格打电话询问指纹检测部

“那把枪到底怎么样了？你们没搞丢吧？我还在等你们的报告。”

“什么枪？你从来就没送什么枪过来。真不知道你到底在说什么。”

电话里断断续续地传来噪音，随后，浑厚的男中音突然拔得太高，以至于成了假声："什么？没人送来？老天做证，好几个星期之前我就送了一把枪过去请你们化验，到现在什么回音都没有，我一直等着！那可不是送给你们的圣诞礼物，你们到底在干什么！你们应该负责把枪还过来，还是连这点你们都搞不清？你们简直就是一帮废物！"

"听着，尖嗓门！我们可不需要你来告诉我们该怎么做事！你以为自己是警察局长啊！如果你的确送枪过来叫我们检验，那么我们一定会还过来的！问题是，我们压根没有收到任何东西，你要我们怎么还给你？"

"你给我听好了，不管你是谁，别把我惹毛了。我曾派人送一把枪过去，现在请还给我！"

"你自己去查一查你派的人吧，问问他把你的枪扔哪儿去了！"

电话挂断了！

◆ 三周后，城区，一位畅销作家的家里

"福尔摩斯先生，外面有位先生坚持要见你，怎么说都说不听。"

"你应该比我更清楚该如何处理这种事！你都已经替我工作多久了？"

"我告诉他你正忙着口述录音，但他说他不能等，而且还威胁我，如果我不肯进来通知你，他就闯进来！"

"萨姆呢？叫萨姆把他轰出去！如果他再找你麻烦，就报

警吧！”

“但是，福尔摩斯先生，他本人就是警察。所以我才觉得最好还是通报你一声——”

“该死的警察！大概是因为我把车子停在消防栓旁边太久了！偏偏挑这个节骨眼，我正口述到整本书中最为宏大的一个场景！被这么一搅和，所有的杂音全录进去了，我只能重头再来过。很抱歉，特拉斯洛小姐，从你第一天为我工作开始，我就一再交代，我在创作的时候，绝对不允许有任何干扰，就算房子着了火也不行！现在你违反了这最重要且唯一的原则，我想我不能再雇用你了。等你完成手上的工作就回家吧，在那之前，萨姆会把薪水结给你。

“就是你？你为什么要硬闯进来，让大家都不得安生呢？你到底想跟我谈些什么？”

万格温和地说道：“你的命。”

第五章　福尔摩斯，终章

似乎在我的椅子后面站着

一个幽灵；冷酷无情的微笑，

了无生气，无动于衷。

——莫泊桑

1. 女人

宿舍里住了四个人，穿着各式睡衣。其中一人反身趴在床上，下巴和双臂都挂在床尾；另一个人坐在窗台上，脚尖着地，以保持平衡，像一个凝固的芭蕾舞者；第三个人坐在地板上，两手交握，抱住双膝，下巴抵在膝盖上；第四位，同时也是唯一发出声音的那位，没有坐在椅子上，而是整个人像件睡袍一样瘫在沙发上。她的手肘斜倚着椅子的扶手，双腿横跨着搁在另一边的扶手上，身体埋入椅座，一本书平稳地放在胸前，随着她的呼吸极规律地起伏着，此刻的起伏速度相当急促。

"'在这片赤松和枞树林中，有一间小屋，它正等待着女人的抚触，朱迪思小姐。'他说。

"'而她则一脸娇羞，微笑着把头垂在胸前。他用强壮的臂膀慢慢地把她搂入怀中。'"

朗读者的双肩心驰神往地晃了晃，仿佛感受到了书中双臂的拥抱，她慵懒地顺势让书滑落到地板上。

"我敢打赌，作者本人就是这种人，"她一脸憧憬地说道，

“既强壮又可靠，而且对这种事还有点难为情。难道你们没注意到？他一直叫她‘朱迪思小姐’，从头到尾，他一直对她用这样的敬语。”

“我跟你打赌，他才没有那么尊敬她呢。”

椅子上的女孩兴奋地说道：“当然没有，第一章结束之后，他的口气就没这么正式了。”

坐在床上的那个人说：“那时她可真是乐坏了。”

“昨晚我梦见他了。他把我从一座快要塌陷的爱斯基摩雪屋中救了出来。”

其他三个人听了格格乱笑，问道：“他还做了什么？”

“时间不够多，就这些，然后八点的钟声就把我吵醒了。真讨厌。”

“再来根烟。”有人说。

“只剩一根了。”

“哎呀，这有什么啊！明晚我们再弄一包来。”

“行，下次轮到你买烟，别忘了，这次是我买的。”

“行了，我们先把窗打开，要是烟飘上走廊，又刚好被老弗雷泽给逮着的话——”

沙发上的女孩深深叹了口气，整个人陷得更深。“当你遇到怦然心动的那个人，就在激动人心的故事就要发生之际，你却发现，自己早已不复当年青春。”

“她还在想他。”

“你怎么知道他还没结婚？弄不好孩子都有三十二个了！”

“我知道他还没有结婚，他不会的。”

“为什么不会?”

“否则就不公平了。”

“小可怜，我真不想看到她受这种苦。”

这时，床上的那女孩不耐烦地说：“噢，她只会说说而已。如果她真跟他面对面，就会手足无措，说不定还会昏倒在地。”

沙发上的姑娘反唇相讥：“是吗?我倒想让你瞧瞧，我马上就会让他对我俯首帖耳。”

床上那位跟她唱反调的人嘲笑道：“我打赌你连一层楼都不敢走上去。”

“我打赌我一定可以。这种事情只要有决心，就一定能成功!你要赌多少钱?我用下个月家里寄给我的所有零花钱跟你赌!”

床上的那位恶狠狠地看着她：“行啊，我跟你赌。你要么勾搭上他，要么就闭嘴。我都听烦了。”

“你干脆把这件事一次彻底解决掉吧，”另一个比较有同情心的听众建议道，“老是这么胡思乱想的，也实在不是办法。”

床上的那位怀疑地问：“我们怎么才能确定，她回来之后是不是说了实话?”

“我会带着证据回来的。”

“带一条领带回来吧。”其中一个人不怀好意地说。

“不行，那样还不够。我觉得最好的证据，就是一张他俩站一起的合照。”

“而且他的手得环抱着她，”坐在窗台上的女孩补充道，“我们既然花了钱，就要花得值!”

“哼!”沙发里那位男性杀手自信满满地嗤之以鼻道，“这有什么，要是我出马，就不是弄到一张照片这么简单了。如果我真在他身上下功夫的话，他就会像条狗似的被我牵回来。”

“你打算怎么离开这里?”

“我想过了。上法语课或者其他什么课的时候，我整天在做这种白日梦。我早就知道该怎么做。你们知道弗雷泽老师多么害怕传染病吗？只要你的脸上出现几个红斑点，她就巴不得你赶快滚。现在我的家里可都没人——”

“希望你能赢，”其中一个中立派同情地说道，“要不然整整一个月你都得过穷光蛋的日子。别指望我们借你钱。”

坐在地板上那个突然跳起来。“弗雷泽！”她低声警告道，“我听见她在走道上的脚步声了。”

这下，房间里的人乱成一团，慌张地四下奔逃。其中两个匆忙回到隔壁自己的房间里。原先坐在窗台上的那个，也连忙钻进被窝，把自己盖得严严实实。

椅子上的那位拿着香烟不知所措。她关上灯，但烟头的那点红光仍在黑暗中忽明忽暗。她在房间里急得乱蹿，想找个地方躲起来。

“把烟拿走！把烟拿走！”她急切地低声说。

“还是你拿着吧！”另一个声音冷冷地答道，“香烟最后是轮到你手上的。”

她把一下子香烟甩到窗外，一溜烟钻进被窝，一阵窸窣之后，屋里一片死寂，只剩下喘气声。过了一会儿，从门外伸进一个脑袋，警觉地逗留了一会儿，狐疑地闻着屋里的味道，最终半信半疑地退了出去。

弗雷泽老师检查完隔壁房间，也没有什么惊人的发现。等到她完全离开，隔壁房间里迫不及待地传出另一阵低语。

“你们不觉得她有点奇怪吗？我是说，她的年纪看起来同我们不一样，她的年纪好像比较大。”

“是呀，我也注意到这点了。”

“不过，没有人知道她的底细。她来注册时，并没有父母陪她来。我听弗雷泽老师说，她的申请表是邮寄来的，而录取她的原因是因为那封强有力的推荐信。她到底是谁呀？从哪儿冒来的呢？她在学期当中凭空插班进来，闯进我们中间。”

“嗯，她是转学来的。”

“哎呀，也只是听说而已。”

“没有人见过她的家人，她也和我们不一样，从来没有家人给她写过信。”

“她怎么对那个无聊作家那么着迷？我就看不出他到底有什么过人之处。”

“他在这附近拥有一栋乡间别墅；或许这正是她转到这儿来的原因吧？就是为了接近他。”

“也许她根本不是学生。”

房内一阵沉默，一阵寒意涌上众人心头。

“她是什么来头呢？”

2. 福尔摩斯

福尔摩斯的那辆敞篷跑车跟往常一样慢吞吞地在马路上最外侧向前爬。那只德国牧羊犬则直挺挺坐在他身旁的位置上，这时，有辆跟他同一方向的出租车正快速超车。他习惯这样慢慢开车，有助于他思索。他发现，自己漫无目的地独自驾车兜风之余，总能顺便完成不少事情。

虽然他不能完全确定，但前方那辆出租车上，似乎只有一位女乘客坐在后座。他之所以这么猜测，是因为她的后脑勺正好挡住后车窗的正中央。一般来说，当车里的乘客超过两人时，乘客大多会分坐两边，不会像这样坐在正中间。

等到他驶近通向他家的小路时，那辆出租车早该开得不见踪影，但令他吃惊的是，当他最后一次加足马力前进时，仍能看见那辆出租车正走走停停，似乎车上的乘客在车里为司机胡乱指路。

这条小路的对面有一个路标，上面写着："T. 福尔摩斯。私家车道，谢绝通行。"车子才一转弯，就接连听到三声尖叫，随后便看到辆车里滚出来一个姑娘，看起来不是跳车就是被人丢出来的。她在草地上翻滚了一圈，然后右边半个身子朝上侧躺在地上。出租车则一路扬长而去，车尾亮着红灯，看来那个司机心中非常不爽。

福尔摩斯刹了车，慢慢滑行到她前面，停下来。他走出车外，看到她正斜坐在草地上，两只手紧抓着脚背。德国牧羊犬仍执拗地留在车里，好像车子是它的初恋情人，主人反倒都可以忽略。

"受伤了吗?"福尔摩斯弯下身子，拉着她的手臂，帮她站起来。她马上就像站立不稳似的靠在他身上。

"一只脚站不住了。我该怎么办啊?"

"最好先到我家休息一下。这条路走到底就是。"

他扶她坐进车里，沿着这条他自己家的车道开了一小段距离，再扶她走出车外。眼前出现的是一幢农舍，不过内部已经完全改造成适合都市人居住的风格。那条狗到现在也没觉得自己应该跟着主人走，以至于它的主人不得不转身对着它吼道："进来啊，傻狗。你想干吗？准备在外面待一晚上?"话音刚落，那条狗便从车子另一端跳出来，自顾自地向门口走去，那气派就像是在宣布：我是一条不属于任何人的狗。

福尔摩斯扣了扣殖民地风格的门环，一名男仆走出来为他们开门。从两人之间的熟悉程度可以看得出来，他为福尔摩斯服务已经有年头了。男仆上来就问："您一直以来都在构思的最终章考虑得如何了?"

"我之前的确想到了一个，"福尔摩斯闷闷不乐地说，"但一下子又想不起来了。这位小姐出了点意外，先找把椅子让她坐下来，然后再去把车开进来。"

他们两人扶着她走过一间铺着松木地板的长条形客厅。客厅的一边有座卵石砌成的圆锥形大壁炉，高达天花板，不过这只是壁炉外立面的高度，炉膛的实际高度大概比正常人的肩膀还要矮一些。

接着，他们经过一张巨大的沙发，色调是三文鱼红，她看到之后就想停下来坐上去歇一歇。那男仆却暗暗拽住她，拉着她又多走了几步："这张沙发不能坐，这是他用来寻找灵感的地方。"

坐下之后，福尔摩斯借着炉中火光和天花板上暗淡的灯光，仔细地打量着她。

她的年纪很轻，尽管外表打扮得很老气，却愈发衬托出她的年轻，最多只有十八九岁。她小时候大概有一头金发，现在成了深栗色，但仍可看出其中闪耀着金丝。她有一双湛蓝的眼睛。

刚才摔的那一跤让她的外套上沾满了树叶和树枝。她轻轻拍掉身上的这些枝叶，像特地等展示完自己摔跤的惨状之后才动手拍掉。

"怎么回事?"萨姆刚一转身去停车，他便开始对她发问。

"没什么。车没停稳当，一个女孩就迫不及待地冲出来，你大概也能猜得出是怎么回事了。"

"不过，那不是一辆打城里开来的出租车吗?"他突然意识这种事发生在出租车上似乎不太寻常。

"反正也都是城里的那种事而已。"她似乎不愿再多谈刚才发生的事。

"我想最好请个医生来看一下你的脚伤。"

她对这建议的反应似乎不太热烈："估计休息一下就会消

肿了。”

“我看，你的脚肿其实没肿。”他把话说得很明白。

她把脚缩回来想要遮掩。

萨姆回来了。福尔摩斯问道：“萨姆，哪位医生离我们这儿最近？”

“我想应该是约翰逊医生。不过他不认识我们。如果你想，我可以跟他联系一下。”

“现在很晚了——他会不会不愿意过来？”她提醒道。

一会儿，萨姆回来禀报说：“他半小时后就到。”

“哦。”她听到这话，有气无力应了一声。

过了一会儿，就在他们等医生的当口，她说：“我一直想知道你到底长什么样。”

“哦？你知道我是谁？”

“谁不认识你？你的每一本书我都读过，”她似乎是从内心深处叹出一口气来，“我现在居然和你共处一室。”

他转过头去，说道：“少来。”

“不过，至少你的外形和我想象的相差不远，”她没有停，反而继续往下说，丝毫不受影响：“我的意思是，现在太多人在写那些金玉其外败絮其中的东西，而你的作品至少能让女孩子静下心来慢慢品读。”

“别胡扯了。”他毫不掩饰自己对这类吹捧的厌恶。

她的目光瞟向天花板，壁炉里的火焰如海浪般翻滚。她问：“这么大的地方你一个人住？”

“这里是我工作的地方。”言语间仿佛有某些暗藏的温柔一闪而过。

“壁炉真大；我觉得你站进去绝对绰绰有余。”

“过去人们常常将整条火腿和整只火鸡放进这个壁炉里进行熏制。你看，那些挂钩至今还放在烟囱里。这壁炉实在太大了，要花很长时间才能生起火把炉膛烧热。我原本想把它改造得小一些，在里面装一个假顶，炉膛里衬上镀锌板。”

“哦，怪不得到处都是裂缝，我本来以为是石头的问题。”

萨姆拿着一把厚重的铁制壁炉棍拨弄炉膛内的柴火，就在这时，敲门声响起，医生来了。萨姆把那根铁棍靠在炉壁上，走出去开门。福尔摩斯也跟着他到走廊上去迎接医生。他似乎听见她在身后发出某种轻轻的哭泣声，不过被医生进门之后乱哄哄的嘈杂声淹没。

过了一会儿，当他们进入客厅时，她面色痛苦，毫无血色。那跟铁棒横躺在地板上，仿佛因为太重而自行倒下了。

“让我们先来看看你的伤势吧。”医生说道。他轻柔地抚触着她的受伤部位。她眉头轻皱，断断续续地发出呻吟。医生沉吟道：“你这儿有一处严重的挫伤，但不是扭伤，更像是被什么东西重重砸到了，可能有一小块软骨碎掉了。要用厚棉布严密包扎才行。你得休养一两天，伤口才会愈合。”

她眼中的痛楚渐渐消退，望着福尔摩斯的眼神流露出胜利的喜悦。

医生走了之后，福尔摩斯说：“我不知道接下来该怎么办。车站距离这里有四十分钟的车程，而且我也不太清楚今晚还有没有火车。我可以亲自开车送你回到市区，不过等我们赶到城里，天也亮了。”

“我能留下来吗？”她哀求道，“我不会打扰你的。”

“这倒不是问题。我是单身汉，一个人住在这里。萨姆晚上都睡在外面的车库里。”

“哦，”她机灵地转移了话题，“有条狗陪伴你，就绰绰有余了吧。”

“那么……你的家人会不会担心你在外面过夜呢？”

她差点笑得岔过气去。

“当然会呀，三天之后他们才会担心。他们现在都住在新墨西哥，等到他们得知我曾经在外头过夜时，我早就回到家了。”

他跟萨姆交换了一下眼神，随后说道：“萨姆，去把一楼那间有张小床的房间整理出来，给这位女士过夜。”

“我叫弗蕾迪·卡梅伦，”窝在椅子里一脸稚气的身影说道，“弗蕾迪是我名字弗雷德丽卡的昵称。”

他们沉默地坐在那儿，等待萨姆把房间准备好。福尔摩斯坐着，双眼凝视地板；而她则直盯着他看，一派率真的孩子模样。

“你为什么要把这些来复枪和霰弹枪收藏在角落里？”

“因为当我不创作的时候，我常常去打猎。”

“那些枪全都上膛了吗？”

“当然，都上膛了，”他停顿了一下，补充道，“这些枪的后坐力特别强。”

“晚安，福尔摩斯先生和小姐。”萨姆走出去时跟他们打招呼，出去时随手把大门关上了。

沉默在此时此刻仿佛别有意味。

“我们干吗不说说话呢?”约摸过了一刻钟之后，她建议道。

他瞥了她一眼，又低下头看着地板，像在寻找某种答案。这种轻微的举止看起来有点奇怪。

她的肩膀收拢起来，转过头来，说道：“这地方的气氛很诡异，感觉像是……有什么事情快要发生似的。”

“的确是。”他冷冷地回应道，然后站起身，一言不发地离开。他上楼时显得非常痛苦，低着头，仿佛在倾听什么似的。

壁炉中冷却下来的木柴发出哔剥声；他把双肩架起来，摆出自卫的姿态，不过随即又放松下来。接着，那股凝重的寂静再次充斥，掩盖所有声响。在楼上的某处，他的房门关上了。

——

萨姆走进来，发现他们两个人都坐在餐桌旁。“这是怎么回事?”他喊道，听上去有点生气，语气中却带着嘲弄的意思。

“我这个二号男仆一早起来手忙脚乱地给他做了早饭。他却不领情，一口都没吃。”她投诉道。

“他正在构思小说中的一个情节。”萨姆说。

福尔摩斯惊讶地望着萨姆，觉得他似乎能看穿自己的心思。他把杯中的食物倒进一只小碟子里，放在地板上。德国牧羊犬走过来，津津有味地把碟子中食物舔得一干二净。

“怎么样，想出情节了吗?”她现在就想知道。

“还没想完整，”福尔摩斯说，说话时一直在看那只狗，“不过估计等会儿就差不多了。”他拿起杯子，一口气喝完，又伸过杯子让她再添加一些。

随后，他站起身，简短地对她说道：“今晚见。”然后走进客厅。

“他这话是什么意思，今晚见？”她茫然地问萨姆，“那么我该待在哪儿，隐身？直到晚上再出现？”

“他现在要写作。”萨姆说，随即跟着他走进客厅，仿佛他也必须进去把一切打理得井然有序才行。她站在客厅门口看着，萨姆正歪着头揣测那张“灵感沙发”的方位，想把它调整到最精准的位置上。

“难道那张椅子每回都得摆在相同的位置上才行？”她难以置信地问道，“我看，如果这张沙发的位置稍有不正，他就没办法好好思考了吧。”

“嘘！”萨姆连忙要她安静下来，“如果这椅子没依照地毯的对角线摆正，他就会分心。”

福尔摩斯站在窗边向外望着，整个人陷入沉思之中。突然间，他反手挥动了一下，示意他们离开。

“出去吧！现在我有灵感了。”

萨姆小心翼翼、匆忙退出去，忙乱地对她挥手，让她快点消失。于是她在门外站了一会儿，从容不迫地靠在门上偷听。福尔摩斯对着录音机说话时那单调而又无趣的声音隔着那扇门传了出来：“奇努克人穿过雪地废土①，面前出现了毛皮外套下的复仇面具……”

---

① 译注：Chinook，是北美印第安人族群中的一个部落。

即使待在门外，萨姆也不让她安生：“别站得那么近，你会把地板踩出声音来的。”

她不情不愿地转身离开，走路时一瘸一拐：“原来他是这样写作的啊！在细节上绝对不容许任何变动，连沙发摆放的方式都不能改变。”

—

萨姆手上拿着表，站在门外，一只手握拳，摆出敲门的姿势。等到秒针准时走满六十秒，他立即敲门，提醒里面的人：“五点钟了！”

福尔摩斯披头散发、形容枯槁地走了出来，衬衫和袖口全都敞开着，鞋带没系好，皮带也没扣紧。

一位整洁、拘谨而又瘦小的中年女士正坐在门边鹿角壁饰的下方。她穿着一套不怎么合身的花呢套装，戴着一副老式的铁框眼镜，还把一头灰发紧紧梳成发髻，藏在颈后，几乎瞧不见。

“我是新来的打字员，福尔摩斯先生。特伦特先生希望我能比他上次派来的那位打字员更令您满意。”

卡梅伦小姐这会儿已经走到她的房间门口。她的房间正对着他们，她是被他出来时发出的声音吸引出来的。

“恐怕之前造成的损失已无可挽回了。”他瞥了她一眼说道，“你到这儿来有没有准备好要过夜?”

“有的。”她指着身旁地上放着的那只雅致的格拉德斯通旅行包说，“特伦特先生向我解释过，这份工作需要常住在您这里才能完成。”

“嗯，我很高兴你来这儿。我已经录完了六章，我不知道你打字的速度有多快，但你恐怕至少需要三到四天的工夫，才能赶得上进度。”

“相对于打字速度，我的精确性和抗压性更强，”她一本正经地表示，“我可以自豪地说，我打出来的文稿，一个逗号都不会错。”她说话时交握双手，放在身前。

“萨姆，把这位小姐的——我还不知道你的名字呢。”

“基奇纳小姐。”

“把基奇纳小姐的行李拿到二楼的那个房间。”

两个人都离开之后，卡梅伦立刻朝福尔摩斯走了过来，脸上带着一抹不赞同的阴郁神色。

“看样子来了一位丽迪亚·平克汉姆，要跟我们同居一段时间了。①”

“你好像不太高兴。”

“是的，”她可不是在说笑，事实上她甚至有点激动，“女人之间，向来一山不容二虎。”

他意味深长地瞧了她好一会儿。“绝对如此。”他冷淡地说，随后转身离去。

稍后萨姆对他说：“您快要有女主人了，福尔摩斯先生，我看您最好还是回城里工作吧，那儿既舒适，又没人打扰。”

---

① 译注：Lydia Pinkham，十七世纪美国女权主义者，也是位很有成就的医药专利所有人，声称她的植物合剂，可医治从神经衰弱到子宫下垂的任何妇女疾病。

“我觉得她们很快就会要好起来。”福尔摩斯一边回答，一边对着镜子梳头。

萨姆把点心端出去之后，他们三人坐着休息。弗蕾迪·卡梅伦还是一脸老大不高兴。他饶有兴味地瞧着她进餐，看她那模样，似乎一直努力想要让另一个女人明白，她才是这个家的女主人。

“萨姆，”他叫道。当萨姆出现在门口时，他问：“你多久没休假了？”

“很久了。不过在这个地方休假可没什么用，反正也无处可去。”

“我看这么办吧。我放你一天假，到城里去，等我晚上例行的写作完毕之后，我就开车送你去车站。我需要你进城去替我采购一些东西，然后你就在城里找个旅馆住上一晚。”

“这主意好极了！但没有我，您自己应付得过来吗，福尔摩斯先生?”

“当然没问题。反正你明天早上就回来了。卡梅伦小姐也能像今天早上那样，东拼西凑地替我弄份早餐。”

这时，卡梅伦小姐的表情总算云开雾散，自从那位打字小姐来了之后，她第一次高兴起来：“我可以吗?”

“当我早上准备好开始工作时，我自己也能生火。只要先把足够的木柴堆在旁边就可以了。”

他把那位忠仆送到车站，再独自开车回到家，快十一点了。那只德国牧羊犬同往常一样冷漠地坐在他旁边。夜晚的乡间静得像座坟墓，路上空荡荡的。今晚可没有出现超速的出租车。

他独自把车停好，亲自用钥匙把屋子的门打开。感觉有些怪，他已经十分习惯让萨姆来替他打理这些琐事。卡梅伦小姐正站在楼梯下方，侧耳倾听：楼上传来一阵像是受到惊吓而发出的低声抽泣。

她带着高深莫测的表情微笑着，拇指朝楼梯指了一下："那位老太太要离你而去了。"

"这话是什么意思?"

"她在整理行李，准备走了。她现在有点神经过敏，因为有人向她的窗户丢石头，警告她快点滚蛋。"

"那你为什么不上楼去安抚她一下?"他气冲冲地问。

"根本没必要。她一受到惊吓，就穿着那身老古董天鹅绒睡衣，连滚带爬冲到楼下来找我，只差没跳到我的腿上寻求保护了。现在你所听到的，只不过是尾声罢了。既然她这么迫切地想要离开，我就替她查好了火车班次。"

"要是你没有迫不及待地帮她查看离开的车次我才会觉得吃惊呢。"

对于他的挖苦，她假装没听到。

"这一定是某个小孩的恶作剧，你怎么看?"

"当然是，"他边说边站起身来，"只不过这儿方圆数英里，都没有别的人家。"

基奇纳小姐一边打包旅行袋，一面拿着嗅盐猛嗅。桌上有颗拳头般大小的石头，包裹石头的纸片上用铅笔潦草地写着一些字："天亮前离开那栋房子，否则你就性命难保。"

窗户上有块玻璃被砸破，只留下一片星状的辐裂纹。

"你不会被这种小事吓倒吧?"他轻快地安慰她。

“噢！经历这种意外，我整晚都会睡不着！”她哽咽着说，“平常我在晚上就很容易紧张，即使在城里也是如此。”

“这只不过是个恶作剧罢了。”

她犹疑不定地暂停整理行李，问道：“你想是谁……谁可能会做……”

“我不敢确定，”他坚决地说，仿佛是阻止她再继续追问，“你有没有往窗外瞧一下，看看那时候楼下有谁？”

“天呀，我才不敢呢！读完这字条，我就没命地奔下楼去了。现在你回来了，我，我觉得好多了。福尔摩斯先生，这屋子里要是有个男人的话——”

“好，”他说，“如果你感到害怕或是不舒服，那么我也不想勉强你留下来。我可以把你送到车站，这样你还可以搭十一点四十五分那班火车离开。等我回去之后，下星期你可以在城里帮我打字。这完全由你决定。”

他提出的解决方式显然很能打动她。他瞧见她一脸渴望地望着自己的行李，接着又深深吸了一口气，双手紧握床沿，仿佛努力要让自己的意志更加坚定似的。

“不，”她说，“我被派到这儿来就是要为你工作的，我这个人向来负责到底。我决定要留下来完成工作！”但她这份勇敢的宣言，却在不经意看过那扇被砸烂的玻璃窗之后退缩了。

“你不会有事的，”他平静地说，嘴角挂着一抹淡淡的微笑，“有我的牧羊犬在，你可以放一百二十个心，没有人敢从外面进来。况且，我的房间就在走道的另一端。”他转身正要离开，突然又在门口转过身来对她说：“我的五斗柜抽屉里放着一把枪，如果我把枪拿来，今晚交给你保管，你会不会觉得安心一点?”

她发出一声惊呼，急忙朝他用力挥手，表示拒绝。

“不要，不要，这比那种无聊的骚扰更令我害怕！我一见武器就怕，我怕它们怕得要死!”

“好吧，基奇纳小姐，”他安慰她说，“你已经勇气可嘉——虽然根本没什么值得担忧的——我会在特伦特先生面前为你美言几句。”

卡梅伦此时远远地站在客厅的角落里，当福尔摩斯不久后出人意料地出现在门口时，她的手里正把玩着那支来复枪。他的脚步声如此轻盈，几若无声。

他双手反剪在背后，托起外套的下半部，不让它发出声响。“如果我是你，就不会随便把玩这类枪，我想昨夜我就已经告诉过你，这些枪都是上了膛的。”

她的目光越过客厅望着他，在放下枪之前，犹疑了一下，甚至在她将整个脸转过来面对着他时，手上仍握着那把步枪，枪体斜倚在她身上。

他一动不动，眼中闪烁着些什么东西，身体的每一寸肌肉已准备好伺机而动，表面上却装作若无其事。

她把枪口朝上，靠墙摆好，有点夸张地挥挥双手。

“对不起，好像我所做的每一件事都不对劲。”她说。

他的双手不再紧扣，外衣的下摆也垂平了。

“哦，我不是这个意思。你所做的每件事都没错。”

他在那张“灵感沙发”上坐下来；她则停在附近，犹豫地徘徊着。

“我有没有打扰你？”她说。

“你是指此刻，还是指这段时间？”

“此刻。就这段时间来看，我显然已经打扰到你，这点我心知肚明。”

“没有，此刻你并未打扰到我，我不介意你待在这儿。”

“这样你就能监视我的行动了，”她替他把话给说完，然后挖苦地大笑起来，望着天花板上的房梁，问道：“她是否决定留下来？”

“让你失望了。”

她意味深长地叹了口气。

他们的交谈画上句号。

炉火渐熄，仅剩一点暗红色的星火，仿若深紫色的葡萄酒。房间的其他角落则笼罩在一片蓝色雾影中。他们这两张脸庞如此引人侧目，苍白的椭圆面庞和周遭的灰蒙夜色形成对比。屋外传来一阵蟋蟀叫声，丝绒般的夜色笼罩着这个地方，就像鸭绒枕头似的，轻抚着这栋房屋。

终于，他站起来，在昏暗的光线下，只能看见他抬起那椭圆形的脸庞，他的身躯和周遭的暗影融成一片。他走到外面，登上台阶，从拖曳的脚步声中可以听得出，他动作极慢。她仍留在原处，伴随她的只有壁炉中残余的暗红星火，以及那些枪支。

他关上身后的房门，但没有捻亮灯。在一片伸手不见五指的漆黑中，很难分辨出他的身影。此时，门边突然出现微弱的暗淡亮光，那是两道长圆柱和一小片三角楔子所形成的光影。他脱掉外套，但却并不从门缝边移开。他移动了一张椅子，那白色的光影往下移到椅子上去，但仍紧靠着门边。然后传来脱鞋声，先是一只，接着又脱掉另外一只。

外头的蟋蟀声继续鸣唱，屋内沉默如昔，黑夜一视同仁地笼罩着屋内屋外。在这破晓前的一个小时，似乎有股若隐若现的气流灌入房内，但这股冷空气不是从窗户进来，而是从门那儿灌进来的，仿佛他在门上留了个小缝而又没有碰到门闩，没弄出任何声音。远处传来地板的咯吱声，是由下面某处传过来的。或许那只是木板承受不住彻夜寒冷而发出的挤压声：不然，就是有人蹑手蹑脚在地板上行走。

之后，再也没有半点声响。过了好一阵子，那股小气流也终止了。屋外，一只猫头鹰高挂枝头，星星也渐渐暗淡下去。

——

早餐时分，卡梅伦小姐异常活泼，或许是因为她已经做完早点的缘故。当福尔摩斯下楼时，她正快活地吹着口哨，但福尔摩斯却满腮髭须，双眼底下挂着黑眼袋，像个无家可归的流浪汉。走在他前面的是基奇纳小姐，她倒是梳洗完毕，容光焕发，将昨晚的胆怯惊惧抛在脑后——至少夜晚再度降临之前如此。

“各位女士，请原谅我的邋遢。”他在餐桌旁坐下时，边用手摸着满脸胡须边说道。

“反正这是你的家嘛。”弗蕾迪·卡梅伦一针见血地说。

基奇纳小姐拘谨地微笑着，仿佛认为一个人无论如何都不应该让自己这么邋遢。

德国牧羊犬无声地挨近他，显然还记得昨天的事。他装作没看见。弗蕾迪·卡梅伦的呼吸声浅到他几乎听不见。

“怎么今天不先验验毒呀?”

他把椅子往后推。

“萨姆大约中午就会回来，他会接下该做的家务。现在我要到客厅去创作了，希望任何人都不要来打扰我。”

“我也要上楼开始我的打字工作，”基奇纳小姐说，“我想你在客厅里听不见我的打字声。”

“那我就去画复活节的彩蛋好了。”弗蕾迪·卡梅伦不高兴地说。

他关上客厅的门，丢了几块木头到壁炉内，在腋下夹了份报纸。他把覆盖着桌上录音机的油布掀开，将开关调整好位置，但动作中却有点犹疑和困惑，以往这些琐事全都是萨姆一手包办，如今他自己动手反而有些不习惯。他注意到那张“灵感沙发”的位置跟地毯上图案的对角线有些不太对齐。他把椅子稍微调整好，对自己笑了一下，仿佛在嘲笑自己的行为多么无聊。随后他拿起连接着录音机的麦克风，往后坐定，一切就绪，这一整天的创作就要揭开序幕了。然而，万事俱备，只欠东风——

录音机发出嘶嘶的空转声，等待着。该来的创作灵感却迟迟不来。灵感似乎在脑中乱成一团。他无奈地瞥了一眼书架上那一整排著作，仿佛纳闷自己以前是怎么写出这些作品的。

附近突然传来一阵地板上的咯吱声。他在椅上张望了一下，对这突如其来的打扰皱起眉头。

这房间里除了他之外没有任何人，门也关得好好的。他身后壁炉的火势更旺了，火红的火焰闪耀着，壁炉内充满了热气和玫瑰色般深红的火光。

—

大约五分钟后，卡梅伦四下张望时，发现福尔摩斯的目光正从门口探出来，与自己的眼神不期而遇。

“怎……怎么回事呀?”她不安地支支吾吾着，“今天早上不实施隔离政策了?”

“我似乎正无处使力。进来吧，好吗?我想跟你谈谈。或许这会有助于我的工作。”

“你真的希望我进入你的创作圣殿?”她受宠若惊地问道。

“是的。”他坚定地说道。

她走在他的前面，一路上频频回首。他把身后的门关上，然后说：“坐下。”

“坐在那张椅子上?我还以为除了你之外，别人都不准——”

“那只是萨姆自己想象出来的罢了，”他的眼睛锐利地盯着她瞧，“这张沙发跟别的沙发有什么区别?”这个问题听起来仿佛别具深意。

她不再提出异议，顺从地坐在那张沙发上。他在壁炉前蹲下，往炉里再添进一两根柴木，火势现在正开始变弱，而他似乎想要再度将它烧旺。他在她正对面的位子上坐下来，就坐在她之前坐的那张椅子上。他似乎正在仔细地观察她，仿佛以前从未见过她似的。

“我该说些什么?”她立即问道。

他一言不发，眼睛直盯着她瞧了一两分钟。房间里，只有壁炉中不断发出的哔剥声伴随着他们。

“阁下在沉思呢。”她不无嘲讽地说。

“让我握一下你的手。”他出人意料地说。

她懒洋洋地把手伸出去。她的手掌非常干燥，手腕很平稳。

他出其不意地又将她的手猛摔回去，手掌弹到她胸膛上。他站起身来。

“快，快从那张沙发上离开，”他粗声粗气地说，“你居然把我给唬住了。你到底在玩什么花样，小鬼？”

在她还来不及回答他的问题之前，他已经走到门边，猛然将门打开，急忙把她往门外推，动作急促，同时还有着点兴奋。

“你到底是怎么回事嘛？”被推到门边之后，她才转身用责备的口吻慢条斯理地质问他。

“暂时离我的房间远一点，无论听到什么动静，都不要进来。听清楚了吗？”他的语调依然高亢，毫不客气。然后，他一下子又恢复温文有礼的语气，朝着楼上喊道：“基奇纳小姐，能不能下来一下，我有话要跟你说。”

基奇纳小姐那勤勉的打字声终于停了下来，毫不迟疑地迈着平日的小碎步走下楼来。

他示意她进来。

“进度如何？”他关上门问道。

“目前进行到第一章的中间部分。”她满脸得意说道。

“坐下来。我叫你下楼，是因为我打算更改主角的名字……不是那张，坐在那儿，就是你身边的那张沙发。”

“那是你的沙发呀，不是吗?”

“喔，我坐哪张都行。我跟你讨论问题时你先坐下来。”

他先行强占另一张椅子，迫使她不得不坐在那张沙发上。她的腰杆挺直，只坐在坐垫最外缘的部分，大概还碰不到半英寸沙发。

“更换主角的名字是否会增添额外负担？在你目前处理过的那部分里，他的名字出现了没有?”

她敏捷地站了起来。

“等一下，我上楼去确定一下——”

他再度示意她坐下来。

“不用了，别费事了，”然后他以略显惊讶的口吻问道，“你刚打完，怎么就记不起来了呢？我只是突然想到，北美读者常将法语区的加拿大人认定为反派角色，所以较为可行之道应该是——喂，基奇纳小姐，你有没有在听我说话？怎么，你不舒服吗?”

“坐在这张椅子上太热了，炉火热气太强了，我无法忍受这种高温。”

他毫无预兆地倾身向前，在措手不及之下抓住她的一只手。

“你一定是弄错了。这张椅子怎么会太热了呢？你的手分明冷得像冰块一样，你冷得发抖!”他皱眉不悦地说，“至少先让我把话说完嘛。”

她的呼吸声变得愈来愈浊重，好像得了气喘病似的。

“不要，不要!”

他们同时站起来。他强压住她的肩膀，让她坐回椅子上，动弹不得，动作虽然坚决，却并不粗暴。她试着想从旁边溜出去，但还是被他拽住，被强迫着坐下来。她的眼镜掉了下来。

“你的脸色为什么这么苍白？你为什么吓得要死？”

他整个人似乎处在一种失去理性的歇斯底里状态中。突然间，不知从何处弹出了一把刀子——大概是从袖子中吧——她扬起那把刀，挥过椅背刺向他。她的动作很快，但他的反应更快。他反手擒住她的手腕，将她的手强抵在椅背上无法动弹，接着稍微扭了一下，刀子掉落到她身后的火焰中。

“一个打字小姐竟然随身带着刀子到处游走，这可太有趣了。难道你工作时得用到刀子吗？”

这会儿，她几乎是发疯似的挣扎反抗着，急得像热锅上的蚂蚁。他并未非常使劲，只是把她扣在椅子上，用一只手按住她的喉咙下方。而且他站在她的侧边，并未直接挡在她的前面，而是让她独自一人面对着壁炉。

“让我起来，你让我起来！”

“除非你先说实话，我才让你起来。”他低声说道。

突然间，她被击败了，她似乎在心理上完全崩溃了，整个人陷在椅子里缩成一团。

“里面有一把枪，就在那层镀锌隔板的上方，它的枪口正好瞄准这张椅子！壁炉内的温度随时可能会引爆……那把枪装满了火药……”

“是谁把枪摆到里面去的？”他毫不放松地逼问道。

“是我放的！快点，让我起来！”

“为什么要这么做？回答我，为什么？”

“因为我是尼克·基利恩的遗孀。我是到这儿来杀你的，福尔摩斯！”

“这就对了！”他简短地说道，并向后退开。

但他拿开手的时机慢了一步。顷刻间，火药已经引爆，她的身后突然传出阵阵爆炸声和一片火光，照亮了他的脸，还蹿出呛人的浓烟，仿佛有架风箱倒转过来，而出口处正是壁炉口。

她再一次痉挛地喘息，像是挣扎着想要逃脱，接着又颓然陷坐在座位中，在重重烟雾缭绕之下瞪着他。

“你不会有事的，”他平静地向她保证道，“在我第二次生起炉火之前，就已经把枪膛中的弹药清除干净了。上面只留下火药粉末。是那台录音机救了我一命。昨晚你潜入这儿时，一定不小心碰到了开关，结果录音机启动，把你全部行动的过程都录了下来。从地板的脚步声，到更换壁炉内上方那块锌板的声音，全都录了进去。只是我无法分辨是你们之中的哪一个人干的，因此我才必须用这张椅子来测试你们。”

门“呼”地打开，卡梅伦小姐面色苍白地出现：“这是怎么回事呀？”

说也奇怪，他对这个女孩的态度，却比椅子上的那个女人凶上好几倍，像是在对无法为自己的行为负责的小狗或孩子训斥。

“滚开，滚远一点，”他吼道，“你这个到处追逐名人索取签名的疯子，只会崇拜英雄的小鬼。你再不滚，我就要抓人，把你按在我腿上，狠狠地揍你一顿屁股！”

那扇门猛然关上，还伴随着一声惊叫。

他转身走向那个萎缩在椅子里的人影旁边。她一脸茫然，仿佛整个人魂飞魄散，一下子回不过神来。他的声音又恢复到正常语调。

“你打算怎么处置她呢——如果这个谋杀计划奏效的话？”他好奇地问道。

她还没有从惊吓中回复过来，但仍然勉强挤出一丝笑容。

“什么也不做，她不是我要下手的对象，她也不可能伤得了我。为了顺利逃逸，我大概会把她绑起来吧，如此而已。”

“至少你还没有六亲不认，杀红了眼。”他恶狠狠地说。他瞧了她一会儿，走过去替她倒了杯饮料，但仍未背对着她。“拿去，你看起来失魂落魄，平复一下心情吧。”

她颤危危的身子终于坐直，一只手扶着椅背。渐渐地，她的表情出现了若干变化，那原本苍白无血色的脸庞，就像莫兰·库奇家小孩笔下的填色图，慢慢涂上了各式各样的颜色。她又充满了生命力，不再是那个冷漠拘谨的基奇纳小姐，而是另一个亲切爽朗的人了。虽然她的发型仍整齐向后梳了一个发髻，但以往那个矜持的基奇纳小姐犹如褪去外皮，眼前是一个年轻且朝气蓬勃的女人。她毫无畏惧，优雅地认输。即便到了这个关头，她仍然表现出某种意志坚强的优雅。

“其他人全被我干掉了，福尔摩斯，只有你是漏网之鱼。尼克会原谅这一点，毕竟我只是女流之辈。去呀，去报警吧，我准备好了。”

“我就是警察。福尔摩斯早在几个星期前，就躲到安全的地方去了，他现在人在百慕大。我一直假扮成他，把他的旧作撕去封面，然后对着录音机重读这些作品，就是为了等你出现。我还担心那只牧羊犬会让我露出马脚，因为它的态度表明我并非它的主人。”

“我早该注意到这点，”她承认道，“一定是由于太过自信，才让我疏忽了。在对其他人下手时，事情都进行得那么顺利，比如布利斯、米切尔、莫兰以及弗格森，等等。”

“小心哦，”他冷冷地警告她，“这些话全都被那玩意儿给录下来了。”他的拇指朝录音机指了指，只听见机器中传来嘶嘶的转动声。

“你以为我只是一般的小罪犯，在犯案后只顾着遮掩罪行，逃之夭夭？”她盯着他的神情中，有股说不出的自负，“有关我这个人，你不知道的事多着呢。我对自己的所作所为感到光荣！我真想跳上屋顶把整件事给喊出来，好让全世界的人都知道！”她一个箭步冲向录音机，对着话筒大声说道：“是我把布利斯推下楼摔死的！是我在米切尔的饮料中下氰化物！是我把莫兰关在小储藏室中，让他活活窒息而死！我更让弗格森一箭穿心，当场毙命！这是朱莉·基利恩在说话。你听见我说的话了吗？尼克，你听见没？你的血债已经血偿了，除了一个人，所有的人都偿命了。来吧，大侦探，你终于逮到我了。现在尽管动手吧，对我而言，这反而是一种赞美！”

“先坐一会儿。”他说，“不急嘛，我花了两年半的功夫才抓到你，再多耗上几分钟也没什么关系。我想跟你谈谈。”

当她平静下来之后，他继续说道：“你主动帮了我一个大忙，自己把案情全招供在录音机里了。但是你并没有说明犯案的动机。是什么样的深仇大恨，让你非得血债血偿？我也是直到最近才无意中得知。这些年来，我一直对犯案动机毫无头绪，这也是本案引发我高度好奇心、让我不懈追查下去的原因。无论如何，由于福尔摩斯的缘故，我才及时发现了事件的缘由。如果当初我没有及时发现的话，那么，那位正牌福尔摩斯的命运大概也跟其他人一样，全都沦为冤魂，在黄泉携手相伴了。”

“你只是瞎猫碰到死老鼠!”她眼中愤怒的火花几乎要喷出来，“你不可能知道，不，其他人也不可能知道。难道你亲身经历过我经历的那些事？难道你目睹过事件发生的经过？你所见到的只不过是尘封的调查报告，里头只有几行无关痛痒的说明罢了！但这些年来，这件事无时无刻不在啃噬着我的心！

“已经很久了，虽然时光飞逝，但只要我一闭上眼睛，尼克，我的丈夫，就会出现在我的身边，那股锥心之痛就再度全部袭上心头，那些仇恨、愤怒、晕眩以及全身冰凉的空虚失落感也如影随形。只要闭上双眼，一切又回到往昔，那年岁久远、难以忘怀的昨天又历历在目。”

3. 闪回：街角的棺材

“无论今生身处顺境或逆境、疾病或是健康，你们是否愿意彼此相爱，至死不渝？”

“我愿意。”

“现在我正式宣布你们结为夫妻。这是上帝撮合的良缘，愿两位白头偕老，永浴爱河。现在你可以亲吻新娘了。”

他们羞涩地转身面对彼此。她把朦胧的面纱揭起。当他热情地拥吻着她时，她的双眼低垂紧闭着。现在她是尼克·基利恩太太，而不再是朱莉·贝内特小姐了。

参加婚礼的亲朋好友聚拢在他们身边，在万头攒动中，人群像浪潮似的簇拥着这对新人，向他们握手道贺。那些戴着薄纱软帽的伴娘们，也一一走来向新娘祝福，此情此景，像是连续放映的彩色幻灯片。在乱哄哄的场面中，他们俩的目光仍不停地搜寻彼此，仿佛是在诉说：“对我而言，你才是这世上最重要的人，是你，就是眼前的你。”

然后他们再度并肩而行，尼克·基利恩先生及夫人，她的手顺从地伸进他的臂膀下，就像个温柔的小妻子，他俩步伐一致，心意相通。他们沿着教堂那圆拱形的长廊走着，教堂大门正敞开，等着他们迎向未来，美好的未来正等在那儿。他们身后则是排成两列的伴娘，像流动的花团锦簇，黄色、蓝色、紫色、粉红色……缤纷亮丽，美不胜收。

半圆形的教堂东门口上方，夜色柔若丝绒，天际高挂一颗夜星，像是在许诺这对新人，他们的未来充满欢笑、美满幸福。

但美好的许诺如昙花一现。

他们身边的宾客停下脚步，好像在进行着什么恶作剧似的，只剩这两个尚未察觉的主角径自走下教堂台阶。街上不远处，迎接新人的轿车早已一字排开等在那儿，慢慢往前开动，准备迎接他们。而在他们身后的教堂门口，还挤着一堆客人，在那儿窃窃私语，咯咯笑个不停。他们的手忙着往纸袋中猛掏，不一会儿，只见天空中如雨般的米粒洒向教堂的台阶。新娘扬起手臂，想挡开这些热情的轰炸，并朝新郎身上靠得更紧。众人齐声欢呼喝彩，天空中尽是白花花的米粒。

突然间，传来一阵刺耳的刹车声，一个黑色巨物出乎意料地冲出来，左倾右斜地驶过教堂的转角处。那辆车冲向人行道旁的草皮，差点撞上教堂的台阶。之后，犹如奇迹般地，这辆车子又及时控制住，并突然改变了方向。它稍停了几秒，大家这才略微看清这是一辆黑色的轿车。随后它又以极快的速度飞驰而去。这一连串震耳欲聋的声音令众人饱受惊吓，不知所措，对面那排房子一楼的窗玻璃上，只见到那辆轿车一掠而过的影子。汽车急刹车排放出的阵阵废气，黑雾般笼罩着站在教堂台阶上的人们，如同恶魔刚刚路过。等到车子远远地开到街道另一端，才看见车后灯恶作剧似的闪着红灯，那股呛人的浓烟终于渐渐淡去。

原先的欢乐喧嚣变成一团混乱，大家都咳得喘不过气来。突然间，所有人都安静了下来，仿佛是某种预兆，在一片沉默中响起某个名字。那是新娘在叫唤她的丈夫。

“尼克。”

她只叫唤了一次，以一种强掩惊恐的声调。有那么一瞬间，这对新人动也不动，并肩站在教堂的台阶下，好像他们刚走进教堂时那样。突然间，只剩下她一个独自伫立，他扑倒在她的脚边。

其他人跟着惊散，纷纷奔下阶梯，围在她的身边。在圆圈的中央，他仰卧着，脸庞正对着她，像一颗静静躺在深邃池底的白色鹅卵石。雪白纱裙的裙尾沾上了一个小红点，就像一个小小的红色逗号。她像是被催眠，盯着那点血迹。他的脸如此地静定。这不是个逗号，不，这是个休止符。

时间分秒流逝，但这一切对她来说已没有任何意义。她只是一具穿着纱礼服的雕像。在那嘈杂漩涡的中心，她凝立不动。围观者七嘴八舌的各种建议，对她而言，也恍如隔世之音，听在耳朵里，却不具有任何实质意义。

“快解开他的衬衫！把这些女孩带离现场，快把她们带上车，送她们回家去！”

众人伸出手来，想要把她带离这儿。

“这是我应该待的地方。”她语调平静地自言自语。

“她吓坏了。”有人说道，“别让她这样站在那儿，看看能否带着她跟你一起离开。”

她动作简洁而僵硬，犹如行尸走肉，谁也不敢勉强她。

在阵阵骚动中，远处传来一记阴郁、刺耳的钟声，钟声响彻街道，又戛然而止。在她脚边有一只敞开的黑色尸袋。

“死了。”有个声音低喃道。

旁边一个女孩闻言不禁尖叫起来。惊叫的人并不是她。

医生又把黑色尸袋转向她这边。

“来吧，让我先给你服一点——”

她挥手示意大家让开，手上还戴着崭新的黄金婚戒。

“就让我拥抱一下我的丈夫吧，让我跟他说声再见。”

她跪在他身边，白纱礼服下摆的层层薄纱围裹着她，像是随风飘起的雪花。他们俩的手交握着，犹如海誓山盟、永结同心时一般，却只留下她独自憔悴，只剩下她静静爱抚着他，他已不能再有任何回应。那些贴身围着她的人听到一句轻柔的低喃。

“我不会忘记。”

然后，她挺直背脊，而且是众人里腰杆挺得最直的一位。她那挺立的模样如火又似冰。一个啜泣的伴娘无助地拉拉她的衣袖。

“现在，请离开这儿吧，求求你，朱莉。”

她似乎充耳不闻。

“那辆车子里总共有多少人，安德鲁?”

“我好像看到五个人。”

“我也瞧见了五个，我的视力很好。”

“那辆车子的车号是多少，安德鲁?”

“我不知道，我没来得及记住。”

“我记住了，号码是 D3827。我的记性好得很。”

“朱莉，别这样，你让我很担心。你为什么不哭出来呢？”

“我在哭，只是你看不见。跟着我，安德鲁，我要再回到教堂去。”

“去祈祷吗？”

“不，是去发一个誓。对尼克再发另一个誓。”

4. 尼克·基利恩案的调查报告

“所以，真相大白了，而你也已经报了仇。”万格沉重地说，“现在不管我们对你做什么，都无减你心中的满足和成就感，对不对？不论我们对你判多重的刑罚，都影响不了你的内心世界。那儿才是你最重要的地方，对不对？”

她没有回答。

“没错，我一直把你设想成这种人，现在我知道自己猜对了。当然啦，对你而言，入狱服刑根本算不上什么惩罚；就算他们最后判你死刑，坐电椅对你来说也不具有任何威胁。我从你的眼中看不到一丝一毫悔恨的火花，你的心中毫无惧意。”

“的确如此，你说的没错。”

“法律惩罚不了你，是不是？但是我却能。你给我听仔细了，朱莉·基利恩。”万格接着说，“你并没有替尼克·基利恩复仇。你只是一厢情愿地自以为报了血海深仇，但事实上你根本没有。事发当晚，当布利斯、米切尔、弗格森、福尔摩斯和莫兰酒醉开车冲撞过教堂台阶边时，在对街一楼的某个房间里，有一个人正埋伏在窗边监视着你们两人。他手上拿着枪，等候你俩从教堂走出来。或许出于某些理由，使他无法在基利恩步入教堂之际就动手：可能是基利恩抵达教堂时乘坐的出租车妨碍了他，或许是现场有太多人围绕着基利恩，也可能是他来不及觅得最佳的射击位置，所以他待在窗边伺机而动，他可不想在他走出教堂时再失去机会。”

“他的确逮住了机会。”

“当你俩一起走下台阶时，他举枪瞄准。他瞄准基利恩，然后扣下扳机。然而恰巧就在那一瞬间，那辆车子飞驰而至。挡在中间，而且还一下子排放了不少废气。但这颗子弹仍然低空飞掠过车顶，正中目标。这种巧合实在太罕见了，即使想事先安排都不可能。当时那排房子的玻璃窗正好有反光，所以枪火的光影被遮掩住了。”万格接着又说，“这就是对你的惩罚，朱莉·基利恩。你害四个无辜的男人白白送命，他们根本与你丈夫被杀这件事毫无关联。”

这番话对她没发生多大作用，他看得出来。她的全身仍然笼罩在一层冷漠的冰霜之中，根本不为所动。可她的眼神透露了一丝怀疑。

“没错，我记得，”她神情高傲地说，“当时报纸上也是朝这个方向捕风捉影，这根本就是你们警方的误导，好掩饰你们这些人的无能。以前也曾发生过类似的悬案——像是埃尔韦尔、多萝西·金，以及罗斯坦的案子——全都如出一辙，它们之所以迟迟不能真相大白，都是基于相同的原因：那就是警界充斥了腐败和贿赂的歪风。但在警方办案的记录中，从来没有一个案件如此备受漠视。案子发生之后，从头到尾，没有任何嫌犯被侦讯，仿佛被害人只不过是一条被人枪杀在街头的狗！”

“但从警方办案的文件来看，却刚好跟你所说的相反。当时我们尽量不让报纸提到此案跟对街杀手的关联，我们还故意误导此事，表示有人在屋顶上误射；希望借着绝口不提，好让那位不知名的凶手能松懈心防，以便我们能逮住他。”

“我以前就不相信这套说辞，现在我还是不相信！这一切是我自己亲眼目睹的——”

“当时你所见到的，只是视觉上的幻影。如果那时你来找我们，询问我们如何着手侦办此案，那你马上就能得到满意的答复。但你却并没这么做。你只是让自己沉溺在复仇的念头中，让苦毒的恨意日渐滋长，完全不肯接受警方询问。你故意不肯透露自己内心的想法——虽然这想法错得离谱——拿它当借口，来支持自己的谋杀行为。”

她瞥了他一眼，目光中带着一抹自得的坦承。

“在教堂正对面那个房间的窗帘上，我们发现了火药粉末燃烧过的痕迹，而房间的正上方有住户，他们当时清楚地听到楼下有一声枪响，此外，开枪后所引发的烟硝味也弥漫到窗外和楼上。毕竟，以这些人当时所处的位置比你更能做出正确的判断。我们甚至在那个房间的地板上发现了一枚嵌在缝隙中、使用过的弹壳，它跟从你丈夫身上取出的子弹口径相同。打从一开始，警方就知道那记致命的枪击是从哪儿发射出来的，所以我们并没有忙着到处追踪那辆横冲直撞的车子。我们对事情的经过掌握得非常清楚，只是苦于不知凶手是谁。直到现在我们才找出答案，就是最近的事。难道你不想知道他到底是谁吗？难道你连他的名字也不想知道吗？”万格说。

“我干吗要对你这套骗人的把戏感兴趣？”

“所有的证据都在我们警方的档案里。但这份讯息来得太迟，来不及挽救布利斯、米切尔、莫兰或是弗格森的命运。就在今天，它们摊在了你的面前。这包括了科学证据，是你无法规避的证据；还有文件，是一份签过名的自白书，现在我的口袋里就随身带着誊本。过去三个星期里，这名凶手一直被关城里的拘留所内。”

听完这番话，她第一次哑口无言，不再挑衅。

“待会儿你跟我一起回局里，就可以跟他碰面了。我想你会记起来，你以前曾经见过这个人。”

她那冷若冰霜而又戒备的表情，头一次露出了松懈的迹象。她的眼中掠过一丝迟疑和恐惧，忍不住问道：“是谁？”

“科里。这个名字对你而言，是否具有任何意义？”

她以痛苦的口吻缓慢说道：“是的，我记得科里，他两度与我擦身而过。有一次是在某个宴会的阳台上，他为我端了一杯酒，当时要干掉他是多么容易啊，但我却把他给支开了，好让我能够对——”

“对布利斯下毒手，对不对？”

“按照你的说法，这位布利斯从未伤害过我，之前也从未见过我。”她快速地用手扶住额头，然后又说道，“而第二次，也是我最后一次见到这个人，我跟他回到他的住处，与他独处了几分钟。我和他一起回公寓，是为了好尽快甩掉他，我记得当时我甚至还拿枪对准他，以确保自己能够全身而退不受干扰。我手上拿的还是他的枪。”

“正是那把枪射杀了你丈夫。从那把枪射出的子弹，贯穿了尼克·基利恩的身体。而在某种阴错阳差的情况下，那把枪被送到了弹道比对部去，而没被送到指纹检测部去核对你的指纹，当初他厚颜无耻地把枪交给我们，正是要我们采集你的指纹啊。

“我还记得当时我坐在办公室里，在电话中对着指纹检测部的人大发雷霆，因为他们没有送回检验报告，哪知道那把枪根本没送到他们那儿去，反而是弹道比对部门的人回电话给我，说道：‘你送过来做比对的枪支，经检验后发现它的弹道跟从尼克·基利恩身上取出的子弹相吻合。我想这正是你想要追查的讯息，你们追查很久了。’直到我亲眼见到那份报告才相信。然后，整件事最讽刺的就是，偏巧这时科里还来到局里自投罗网，他想知道那把枪采好指纹了没有，他想把枪再拿回去。那之后，他就再也没走出过警察局！

“他原本是自愿协助警方追查，他拥有枪支执照，而他正巴不得警方从枪支上找出你的指纹。我猜，由于基利恩被杀害的案件已经过了很多年，他几乎变得麻木了，以为再也没有人会发现——

“我们花了好些功夫才突破他的心理防线。同时，我一直独力侦查着另一件大家都以为毫不相干的案子，办案过程中，我无意间在图书馆找到一则奇怪的新闻，文章写于周五夜友会活动期间的某个周五。那只是一篇不起眼的文章，对深受其害的当事人而言，这是切身的悲剧，但对一般人则并不特别重要。上头提到某位新郎在刚结完婚步出教堂之际，可能被附近屋顶上所发射的子弹误射导致身亡。

“对我来说，这则消息为周五夜友会的成员相继被害提供了一个最可能的理由。在被杀害的人当中，有三位是主要成员，另一位则是跟着到处兜风作乐的调酒师。我把这些人每两个分成一组进行比较。虽然报道中对受害的新娘只字未提，不过，一定有一位新娘，那男人总不会娶他自己吧？

“所以，我对于科里被捕一事保持低调，几乎让他没有任何曝光的机会，以确保你不会事先得到风声，并取消最后一项下手的计划。我们很容易地猜出你会现身，只要守株待兔就行了。

“但我一直无法理解的是，每次谋杀之后，你都在做什么？比方说，你如何让自己在每次犯案之后完全消失无踪，然后又快速变化出各种造型和身份。我知道你快要现身了，但即使到了最后一刻，我还是搞不清楚你会从哪儿、以何种方式冒出来，这简直就像在捕捉鬼魂。”

女人心不在焉地回答道：“没什么特别的。我猜，你一定是到各种常见的藏身之处去找我，像是出租房间的公寓或廉价旅馆等等场所。其实，我每天都接触几十个人，而他们从未多瞧过我一眼。我住在一家医院里。如果你想知道的话，我可以告诉你医院的名字，那是本市的一家大医院。我工作和居住的地点都在那儿，平常根本毋需外出。工作时我一直戴着护士帽，所以没人知道或在乎我的发色。不当班的时候，我就乖乖待在自己的房间里，平日也不跟同事们来往。当我准备好再度出击时，就会事先请假，几天之后再回去上班。”

“为什么？这一切毫无意义。”

如同先前被强按在椅子上一样，她又开始呼吸困难，仿佛内心有什么东西正在崩碎，使她的呼吸产生了障碍。

“这么说来，我曾亲手握住他杀害尼克的那把枪！而且还让他在枪口的胁迫下动弹不得！但我却放下那把枪独自离去，跑去滥杀无辜?”她不由自主地颤抖起来，好像感染了风寒似的，“现在我听到布利斯被推下阳台时的惨叫声了，当时我根本充耳不闻。现在我也听到米切尔喝下毒药后的垂死呻吟，他们的哀嚎我全都听见了。”

她像是脖子被折断，猛然垂下头。她的啜泣声低沉而又持续不断，而且哭得愈来愈厉害。

过了好久，当哭声停下来，她重新抬起头。

“他为什么要这么做？科里为什么要这么做?”她问道，“我要知道原因。”

他外套下的文件发出“嚓嚓”的摩擦声。他拿出一份自白书，打开后交给她过目。

她只瞥了一下开头和最后一页签名的地方，就还给了万格。

“你说给我听吧，”她说，“现在我相信你的话了。你是个诚实的人。”

“你的丈夫和科里曾经一块加入某个帮派。那是个油水厚、利润高的小组织。有关帮派运作的详情，在他这份自白中交代得很清楚。尼克很快就脱离了那个不法组织。他曾经跟你提过这些事吗?”他问道。

她点点头。

“他跟我说过。除了帮派的名称之外，其他的事他全告诉我了。他曾告诉我，如果他洗手不干，下场不堪设想，但我不相信他说的话。当时我对帮派之类的事并不熟悉，我要他在帮派和我之间做出选择。我不相信这种事会发生。你知道，我很爱他。经过一两个星期的长时间思考，他选择了我。”

朱莉·基利恩抬头直视万格。她沉静地述说，仿佛在说别的女人的故事。

“他换了住处，我们的会面也只能偷偷摸摸。我提议向警方寻求保护，但他告诉我，他和追杀他的人都已泥足深陷。他说我们必须远走高飞，尽快离开，一步出教堂，就直接到码头搭船离开。当初是我坚持一定要在教堂举行婚礼的。”她黯然一笑，“你看，某方面来说，是我害死了他。这点令我在事后更加内疚。”她犹疑了一会儿，神情疲倦，然后又继续说道，“他说我们可能短时期内无法回来，或许得躲上好长一段时间。他说得没错，我们的确离开了——但却不是一同离开。之后我们都再也没有回去过。

“我知道，要么他脱离帮派，要么我得完全放弃他。对我来说，该如何抉择，我从未有丝毫犹豫。我需要他，天哪，我多么需要他。失去他之后，我经常深夜梦醒，眼睁睁地躺着，熬过失去他的每分每秒。这样数着时间，好像会让折磨减轻一点。至于他的生意——”她耸肩道，“他承诺他要洗心革面，而这也是我对他的要求。”

“你们两人都犯了同样的错误，”万格近乎自言自语地说，“那就是以为他有机会可以洗手不干。为了让‘生意’顺利进行下去，他们会把好几条命案都推到他头上，要他来背黑锅。况且其中还牵涉到利益，分赃不均往往是起内讧最主要的导火线。科里不会放过他，他们两个僵持不下——”

女人打断了他的话，平静的语调中透出冲天怒气。

“他已经洗手不干了。不但洗手不干，更让自己销声匿迹，而那位科里先生却成了全城社交圈中的活跃分子，他后来变成了这种角色！他为什么不放过尼克？为什么一定要杀他？”

这是万格在他的探员生涯中，第一次被人如此质问，而不是他质询别人。朱莉·基利恩的绝望，使得他们各自所扮演的官兵和强盗的边界变得模糊。“没错，科里也洗手不干了。但是别忘了，当他想要洗手不干时，除了自己之外，没有其他人扯他的腿。但当基利恩想脱身时，科里却不愿意。而且基利恩所采取的方式也不是非常妥当，他突然间避不见面，躲到别人找不到的地方——这大概也是听从你的善意劝告。但他这么做，更容易引起科里的杀意。何况他们之间还有扯不清的利益纠纷，科里认为尼克黑吃黑，侵吞了原本应该属于他的好几千元。事实上，科里这么做自有他的道理。他认为，若不先下手为强，那么他自己将永无宁日，而且他的生命也像悬在刀口上，随时都有危险。他得在尼克对他下手之前，先将对方除之而后快。教堂是科里唯一能够找到他的地方，在此之前，尼克一直毫无踪影。”

“他躲得非常隐秘。”她安静地说，带着几乎事不关己的冷漠。

“尼克突然搬走，而科里并不知道跟他要好的女孩是谁，也不知道他住在哪儿。”

“我们都是偷偷在电影院里碰面，总是坐在最后一排。”

“但科里终究想出一个法子。他到各间教堂去询问。有人不小心说溜了嘴，所以他得以知晓婚礼在何时及何处举行。然后他租了一个可以俯瞰教堂侧门的房间，因为他知道基利恩会从侧门出入。他带了一把枪和一袋干粮，守候在那个房间里，整整两天两夜。因为他认为婚礼的时间很可能在最后关头提前，所以他预先在那里守候。”

房间内一阵沉默。万格想着那颗让尼克毙命的子弹，那颗子弹掠过车内那五个人的头顶，到头来，它终究还是造成其中的四个人死亡。他叹了口气，看着基利恩。

“至于你，科里自始至终不知道你是谁。你只不过是他猎杀目标身旁一个不起眼的白色娃娃。而你也从来不知道他是谁。不是吗？你怎么会知道某晚宴会上的一个陌生男子，竟然正是当年开枪杀死你丈夫的真正凶手？”

女人并没有回答，她似乎对这番话充耳未闻。

“事后，他还请教堂管理人转交了花圈到葬礼上，以示致意。”

女人全身颤抖，仿佛被万格一记重拳打中，她举起一只手，想要保护自己。

他终于完全说服了她。

他站起身子，为她戴上手铐。他非常轻柔地在她手腕上锁上手铐，仿佛不想再惊扰她内心的恨意。她似乎毫无察觉。

“我们走吧。”他低沉地说道。

她站起来，突然发现自己的双手已经被铐住。她望着万格，点点头，面如死灰。

“是的，”朱莉·基利恩说，“该上路了。”